講談社文庫

京の怨霊、元出雲

古事記異聞

高田崇史

講談社

丹波《たんば》に出雲と云《い》ふ所あり。
大社《おおやしろ》を移して、
めでたく造《つく》れり。

兼好法師『徒然草』

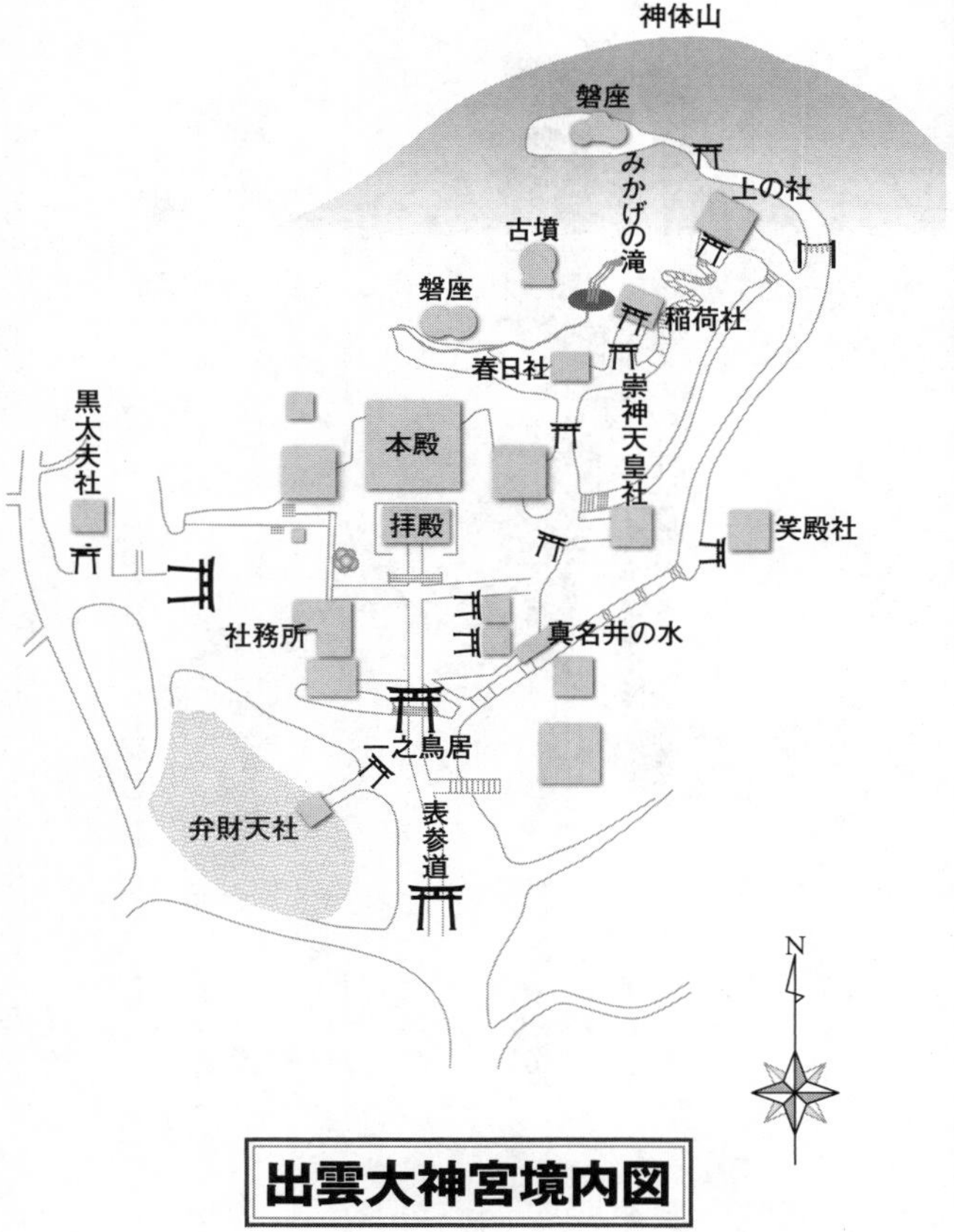
神体山
磐座
みかげの滝
上の社
古墳
磐座
稲荷社
春日社
崇神天皇社
黒太夫社
本殿
拝殿
笑殿社
社務所
真名井の水
一之鳥居
弁財天社
表参道
N

出雲大神宮境内図

◎古事記異聞シリーズ 主要登場人物

橘樹《たちばな》雅《みやび》
新学期から日枝山王大学大学院に進み、民俗学研究室に所属することに。研究テーマは「出雲」。

御《み》子《こ》神《がみ》伶《れい》二《じ》
日枝山王大学准教授。民俗学研究室を任されている。別名「冷酷の冷二」。雅の指導教官。

波《なみ》木《き》祥子《しょうこ》
日枝山王大学民俗学研究室助教。一日中資料本に目を通している。無口なクール・ビューティー。

金《かな》澤《ざわ》千《ち》鶴《づ》子《こ》
市井の民俗学研究者。かつて水野研究室に在籍していた。京都在住。

水《みず》野《の》史《ふみ》比《ひ》古《こ》
日枝山王大学教授。民俗学研究室主宰。民俗学界の異端児。

目次

京の怨霊、元出雲　古事記異聞

《プロローグ》

三月も残りわずか。

もうすぐ大学院生活が始まろうというこの時期、出雲のフィールド・ワークから戻って、まだ一週間しか経っていないのに、橘樹雅《たちばなみやび》は東京発の新幹線に乗って京都に向かっていた。

雅は、東京・麴町《こうじまち》「日枝山王《ひえさんのう》大学文学部」を卒業したばかり。四月からはそのまま大学院、民俗学研究室に進む。大学二年の春休みに友人の飯田三枝子《いいだみえこ》と大津《おおつ》に進級祝いの旅行に出かけた頃から民俗学に興味を持ち始めたけれど、大学院まで進んで本格的に学ぶことになるなんて――。

雅の選択した研究テーマは「出雲」。

一見、歴史学や民俗学の王道のように見えるが、本当の理由は――研究室関係者にはもちろん内緒――出雲の神の神徳「縁結び」。研究を続けながら縁結びの御利益を授かれれば、一石二鳥。そこで、意気軒昂に出雲へと出発した。

その結果、出雲大社を始めとして「出雲四大神《よんおおかみ》」――熊野《くまの》大神（素戔嗚尊《すさのおのみこと》）、大国《おおくに》主《ぬし》命、佐太《さだ》大神、野城《のき》大神を祀っている四神社――熊野大社、出雲大社、佐太神社、野城神社。国譲りが行われたという稲佐《いなさ》の浜や、日御碕《ひのみさき》神社。あの世とこの世の境界・黄泉比良坂《よもつひらさか》。そしてもちろん（雅にとってはメインの）強力縁結びの八重垣《やえがき》神社。更に念を入れて翌日の奥出雲では、元八重垣神社と鏡の池。

奥出雲では、斐伊《ひい》川の名称を冠する斐伊神社から、踏鞴《たたら》製鉄関係の博物館などなど……雅が泊まった民宿の主人・磯山源太《いそやまげんた》の協力も得られ、改めてカウントしてみれば四日間で、何と三十ヵ所以上もまわってきた。

しかもその間に、現地で二度も殺人事件に巻き込まれてしまった。

いや、巻き込まれたというほどは深く関与したわけではない。しかし、島根県警警部たちと顔見知りになるほどには関わってしまった。だがこれも「出雲」との縁が深まったためだろうと考えている。

〝それなのに……〟

右手窓の外に姿を現した、霊峰・富士の青く美しい姿を遠く眺めて雅は思う。

出雲に関する謎が殆ど解けていないどころか、まだ謎の入り口にすら立っていないと、研究室の准教授・御子神《みこがみ》から冷ややかに、つっけんどんに、けんもほろろに宣告されてしまった。

雅は、手にしている『出雲国風土記』の表紙を眺めた――。

出雲に関する大きな謎の一つ。

「風土記」は、和銅《わどう》六年（七一三）五月二日に元明《げんめい》天皇の「全国各地の特産物、土地の肥沃、山川原野の名称の謂われ、それぞれの地に残っている伝承などを報告せよ」という命《めい》によって編纂が始まった。その結果、膨大な分量の「風土記」が撰上されたのだが、長い間にそれらの多くは失われてしまった。しかし運良く、この『出雲国風土記』だけは、ほぼ完本の形で残った。

ところが――そのためにと言うべきか――大きな問題、謎が生じてしまう。

というのもこの書物には、出雲国の歴史の最大のハイライトともいうべき、素戔嗚尊の「八岐大蛇《やまたのおろち》退治」の話や、大国主命の「稲佐の浜での国譲り」のエピソードが、一行も書かれていないのだ。ただ単純に書き落としてしまったのではないかという、あり得ないような説を始めとして、昔からさまざまな意見がある。しかし御子神に言わせると、きちんとした答えがあるのだという。研究テーマに「出雲」を選んだ以上、それをしっかり考えるように、と……。

ゆっくり角度を変えながら後方へと姿を消してゆく富士山を見送って、窓際で頬杖をつくと、雅は出雲でのフィールド・ワークを振り返る――。

ずっと引っかかっていた「櫛《くし》」に関する謎だけは解けた。それは「何故わが国には『櫛』という文字が入っている神々が大勢いるのか？」というものだった。

たとえば、素戔嗚尊の別名とされる「櫛御気野命《くしみけぬ》」。その后神である「奇稲田姫《くしなだ》（櫛名田比売）」。この姫は、素戔嗚尊の八岐大蛇退治の際に「湯津爪櫛《ゆつつま》」に変身させられた。

また、天橋立《あまのはしだて》の籠《この》神社主祭神の「天照国照彦火明櫛玉饒速日命《あまてるくにてるひこほあかりくしたまにぎはやひ》」もそうだ。

実に膨大な数に上る。これだけでも論文が一本書き上げられそうなほどだが、この謎に関しては、研究室助教・波木祥子《なみきしょうこ》の力も借りて、何とか解くことができた。

ちなみに波木祥子も、御子神に負けず劣らず無愛想で、素っ気ない女性だ。研究室で顔を合わせても殆ど口をきいてくれないし、未だに挨拶さえろくに交わしたこともなかった。日枝山王大学でも――主に雅の周囲では――最悪と名高い准教授と助教コンビだ。

では、どうしてそんな研究室を選択したのかというと、研究室教授の水野史比古《みずのふみひこ》の講義に惹かれたからだった。

　愛用の黒縁眼鏡をかけた小太りの水野は、チョークを一本だけ持って、いつも授業開始チャイムが鳴り終わってから十分後くらいに教室に入ってくる。そしていきなり、滔々と講義を始める——。

　怨霊に関する講義では、天満宮《てんまんぐう》主祭神の菅原道真《すがわらのみちざね》から「雷」の話になり、

「雷はもともとこう書きました」

　黒板にチョークの音高らかに書きつける。

「『畾《らい》』です。これは、雷が回転する形を示しています。後にここに雨冠《あめかんむり》を加え、さらに田を二つ省略して『雷』の字となりました。そして雷は同時に『神鳴《かみな》り』『鳴る神』とも呼ばれていますね。魔性のモノが、神威を振るった現象と考えられてきました。はい、きみ」

　最前列に座っている男子学生を指名する。

「雷の別名は何ですか？」

「いかづち……です」

「その意味は？」

「……怒《いか》れる神……ですか」

「その通りです。雷の和訓『いかづち』は、『怒れる神』あるいは『厳《いか》めしい神』のことです。この『ち』は『霊』という意味です。では」

今度は女子学生に尋ねる。

「その神霊が、どうして猛々しく鳴るのでしょうか。一体何を、それほど怒っているのですか？」

はい、と女子学生が小声で答える。

「……人々の悪事をだと思います」

「具体的にはどんな？」

「自分たちへの不当な扱いや……あるいは道真のように、冤罪によって死に追いやられてしまったことへの怒りだと思います」

「それも一つの正解ではあります」

ホッとした表情の女子から視線を外すと、水野は再び全員に向き直る。

「多大なる怨念を抱いて物申すという意味で、歌舞伎などでもそうですが、怨霊の登場場面では大抵、大音量で雷が鳴り、辺りが震えます。この『震』という文字もまた『かみなり』と訓読されます。雷によって、大気や大地が震動するからでしょう。事実、九星気学《きゆうせいきがく》では『雷』と『震』は、同義として扱われています」

ところがまた一方、と水野は続ける。

「そんな『怒れる神』である彼らは、落雷時に人間のある一部分を狙うといわれました。はい、きみ。それはどこでしたか？」

「ヘソです」

違う男子学生がきちんと答え、

「その通りです」水野は頷いた。「では、どうして雷が人間の『ヘソ』を狙うと言われるようになったのでしょうか？」

しん、と静まりかえってしまった教室をゆっくり眺め渡すと、水野は微笑んだ。

「問。何故、雷は人間の『ヘソ』を狙うと考えられるようになったのかを論理的に説明せよ。これが後期試験の問題になります」

えええーっ、という声に包まれた教室で水野は言った。

「これは、単なる俗説ではありません。そしてもちろん、この場合の『雷』は、大怨霊・菅原道真のことではなく、一般的に言われている雷です。時間は充分にありますので、ゆっくり考えてください。そしてあくまでも歴史の事実に基づく、論理的な解答をお願いします」

再びどよめく教室で、

「さて、今話に上った菅原道真大怨霊説に関してです」

水野は一人、冷静に講義を続けた――。

三日後の試験には、本当に「雷」の問題が出された。しかも問題は、それ一問。

だが前期試験の問題は、

「問。今日あなたがここで、素戔嗚尊について問われるであろうと予想した問題と、その解答を書きなさい」

だったから、それに比べたらまだ良かったのかも知れない……。

雅は苦笑いした。

そういえば御子神が、素戔嗚尊に関してこんなことを言っていた。

遠い昔、素戔嗚尊が高天原を逐《お》われた際には、手足の爪を剝がされ、笠蓑姿《かさみの》にされた。この笠蓑姿は「蓑笠《さりゅう》」とも呼ばれ、やがて「蓑――サ」という言葉そのものが、怨霊神を指す言葉となった、と。たとえば「五月雨《さみだれ》」や「早乙女《さおとめ》」のように。

御子神は、

「『五月雨』は『サ・乱れ』で、蓑笠姿の田の神《さ》が乱れることだ。五月雨は別名を『淫雨《いんう》』とも呼ばれるが、その名称もここからきている。また『早乙女』は『サ・乙女』で、田の神に奉仕する乙女。直截的に言ってしまえば、田の神に捧げられる乙女だ。それこそ、弟橘《おとたちばな》姫のような人柱《ひとばしら》だな。やがて、この『早乙女』は時代が下ると、その雇い主に『捧げられる』ようにもなっていった」——と続けた。

学部生時代のノートを調べたら水野も同じようなことを言っていて、しかも、

「田植えの時の早乙女は、その土地の娘ではなく、外部からやってきた。地方によっては、石の上に立って着物の裾をまくり上げ、白い脛《すね》を見せた。容色や、その肢体によって雇われた早乙女は、雇い主と同衾《どうきん》するのが主たる務めだった」

とあった。そして、この「早乙女」が神に供えられる、あるいは雇い主に「捧げられる」祝いを「早降《さお》り」と呼んでいたらしい。

ごく日常的に使っている言葉にも、勝者によって塗り潰されてしまった敗者の歴史が隠されている。

水野は、そんな歴史を世間話でもするように平淡な言葉で語ってくれる。

雅もその仲間に加われたらと思い、水野研究室を選んだ。

ところが肝心の水野が、突然「サバティカル・イヤー」を利用してインドやネパールをまわるといって、長期休暇を取ってしまったのである。

〝想定外の大ショック……〟

雅は大きく溜息をつく。

研究室は、御子神と波木祥子に全面的に任されることになり、この四月から鬱々と水野研究室で学ぶことになった。

でも、来年になれば水野も研究室に戻って来る。それまでに、少しでも成長しておかなければと気を取り直して、雅は出雲の研究に励む決心をしたのだが、御子神も、長年出雲を追っていたようで、雅がフィールド・ワークの成果を報告するたびに、新しい課題を出してくる。

おかげで奥出雲にも足を伸ばすことができたわけだけれど、その結果報告をした時に、

「元出雲はどうした」

と尋ねられた。

「出雲」「奥出雲」と来て「元出雲」まであるという。何か「本家」「元祖」のような感じも受けたが、東京に帰ると、早速「元出雲」に関して調べた。

すると、丹後《たんご》国一の宮・籠神社が「元伊勢」と呼ばれているように、丹波《たんば》国には「元出雲」と名乗る一の宮が存在していたではないか。

その名も「出雲大神宮」。

この大神宮は、昭和二十七年（一九五二）に単立法人化がなされ、神社本庁とは一線を引いた。そして、皇族を主祭神としているわけではないため、一般的名称の「神宮《じんぐう》」と呼ぶ事はできず、そのため「大神宮《おおかみのみや》」が正式名称となっている。

また『延喜式』神名帳にも、丹波には出雲系の神を祀る社が数多くあったことが書かれている。またこの出雲大神宮は、江戸時代末期まで「出雲神社」と呼ばれていたため、当時「出雲大社」といえば、この大神宮のことだったという。実際その頃は、島根の出雲大社は「杵築《きずき》大社」と呼ばれていたと。

更に、

「『日本書紀』の崇神《すじん》天皇六十年のところに出てくる出雲大神の宮は、島根県の出雲ではなく、この社のことをいうのであろう。（中略）島根半島の大社は、国譲りをした大国主命の慰霊の社にすぎない」

という説まである。その上この大神宮は、

「崇神天皇の時代に『再興』されたという。その時に『再興』されたというのだから、創建はもっと古いことになる」

驚きだ。

一体どれほどの歴史を持っているのだろう。今まで存在を知らなかったことの方が不思議なくらいだ。

そこで早速、新幹線に飛び乗り京都へ向かっている。今回は、母・塔子《とうこ》の友人に頼むまでもない。インターネットでホテルを予約して、一泊二日の旅程を組んだ——。

《積乱雲は今にも》

ほんの軽い悪戯心《いたずらごころ》だった。

それがまさか、こんなことになってしまうなんて夢にも思っていなかった。いや、今だってとても信じられない。

言い出したのは、ぼくが通っている京都山王《さんのう》大学の同級生の森谷《もりや》将太《しょうた》だ。

もちろん最初はぼくも、

「子供じゃあるまいし。くだらないから止めろよ。バカらしい」

と笑って相手にしなかった。ところが将太は、

「いや違う。これも、民俗学研究の一つだ」

とか何とか適当な理屈をこねて、無理矢理ぼくまで巻き込んだ。きっと本心では、一人では恐かったんじゃないか。普段の言動とは裏腹に、妙に気の弱いところがある男だから。

そこで仕方なく将太の企てに乗ったのだけれど——。

ぼくは大きく嘆息すると頭を抱えた。

あの時、何が何でも止めていれば、きっとこんな結末にならなかったに違いない。どうして、もっと強く止めなかったんだろう。それともぼくも心のどこかに、試してみたいという思いがあったのだろうか……。


後期試験終了後。

将太は、いきなりこんなことを言い出した。

「おい、竜也《たつや》。おまえ『狐《きつね》の窓《まど》』って知ってるだろう」

「は？」ぼくは尋ね返した。「何だそれ。聞いたことがない」

「この四月から民俗学研究室に入室しようという人間が、この有名なマジナイを知らないのか」

「ぼくはおまえと違って、オカルティックな話なんかに興味はないからね。真面目に民俗学を志してる学生だから」

肩を竦めるぼくの言葉を無視して、将太は続けた。

「あのな、これは決して、おまえの考えているようなオカルトや迷信なんかじゃないんだぜ。歴《れっき》とした呪術の一種なんだ」

「丑《うし》の刻《こく》参りのような？」

「もっと凄いぞ」

「どっちにしても興味ないね。そもそもマジナイとか、そういう種類の物は苦手だから。例の『狐狗狸《コックリ》さん』だって、一度もやったことがない」

いや、と将太は言う。

「少なくとも一度は経験しておくもんだ。信じるか信じないかは別としても、特に俺たちのように民俗学を学ぼうという学生はな」

まあいいけど、とぼくは苦笑した。

「ちなみに、それは、どういう呪術なんだ？」

「ああ」

将太は答えると――嘘か本当か柳田國男《やなぎたくにお》の著書にも載っているらしいと言いながら――急に真剣な顔つきになってぼくに説明し始めた。

それは、自分の目の前に立っている人間が本当の「人」なのか、魔性《ましょう》の「モノ」が化けているのかを見分けるための呪術なのだという。聞いただけでも胡散臭いし、子供騙しの冗談としか思えなかったが、将太は真顔で続けた。

その呪術は、こんな具合に行うのだそうだ。

まず左右の指で、それぞれ「狐」を作って、自分の顔の前で向かい合わせる。次に「狐」の口元を中心にして左右の手を九十度ずつ、向こうとこちら側に倒したら、右手の人差し指と左手の小指・左手の人差し指と右手の小指をクロスさせて、指の腹同士を合わせる。次に左右の中指と薬指を開いて伸ばすと、両手の中央に四角い空間――「窓」ができる。

この「窓」を通して、目の前の人間を覗き、

「化生《けしょう》のモノか、魔性のモノか、正体を現せ」

と三遍《さんべん》唱えると「窓」の中にその本当の姿が見えるというのだ。

但し、余りしょっちゅう行ってもいけないらしかった。

「今ここでやってみるか。おまえを覗く」

将太は言ったが「よせよ」とぼくは止めた。

決してマジナイの類いは、信じていない。信じていないけれど、そんなことを他人にやられたら不気味だし、呪文を耳にしたらやっぱり良い気はしない。すると、

「冗談だよ」将太は笑った。「実は、覗く相手を決めてあるんだ」

「誰だ?」

もちろん、と将太は答えた。

「加茂川瞳《かもがわひとみ》先生だ」

えっ、とぼくは驚いた。

これから進む予定の、民俗学研究室の准教授だ。

彼女はいつも沈着冷静、クールで知的な美人だから、ぼくら男子学生の間ではかなり評判が高い。まだ三十代なのに、数々の個性的な論文をものしているという、文字通りの才女だ。研究室の前田寛《まえだかん》教授の愛弟子という、もっぱらの噂で、前田教授も彼女が自分の研究室にいることが自慢らしかった。

ただ、言葉は一字一句疎《おろそ》かにしてはいけないという信念を持っているようで、論文審査に関する意見などは、かなり厳しいと聞いた。それは自分の論文に関しても同様らしく、発表の際に出版社で「青」と「蒼」を間違って印刷されてしまった時も、酷く揉めたという。担当した編集者がすぐに謝罪に訪れたが、

「『青』は井戸水の中の鉱物の色です。しかし『蒼』は草の色。あなたは『丹青《たんせい》の信』や『蒹葭蒼蒼《けんかそうそう》』という言葉を知らないのですか！」

などと訳の分からない怒り方をし始めたために、研究室でいつも加茂川准教授と一緒にいる戸田香《とだかおり》助教が間に入り、何とかなだめて収まったのだと聞いた。

そんな信念（性格）を別にすれば、彼女が知的な美人であることに変わりはないの

で、将太が大学四年の研究室に民俗学を選んだのも、憧れの加茂川准教授がいるからだということを、ぼくは知っている。

いいか、と将太は真顔で言う。

「加茂川先生は、人間じゃないぞ。間違いなく魔性のモノだ」

「はあ?」ぼくは嗤《わら》った。「くだらない」

しかし、真剣な表情を崩さずに将太は言う。

「先生の新しい論文を読んだか?」

「いや、まだだよ」

「『中世における呪《まじな》いとその実践——神道・古神道の呪術に関する考察——』だ。これは凄い論文だった。彼女は絶対に、ただの『人』じゃない」

それで突然、こんな変なことを言い出したのか。ひょっとすると「狐の窓」という名前も、その論文の中に出てきたのかも知れない。その論文を将太が本当に読みこなせたのかどうかは別にしても、加茂川先生は、確かにそう言い切れる(思い込める)くらい魅力的な女性であることは、ぼくも認めざるを得ない。

将太の本心は、ただ単に加茂川准教授をこっそり眺めたいということなんだろうと心の中で思っていると、将太は、ぼくの腕を取って無理矢理に民俗学研究室に向かった。すると運良く、加茂川准教授と戸田香助教が研究棟に向かっていた。

加茂川准教授は、いつもと同じように戸田助教と何やら話しながら歩いている。戸田助教の年齢は、ぼくらの一回り上くらい。ただ、颯爽とした加茂川准教授に比べると、いつもおどおどしながら准教授に従って歩いている。まるで加茂川准教授の弟子か私設秘書みたいだ。実際に、加茂川准教授が戸田助教を大声で叱りつけている場面を何度か目にしたことがある。

将太などは、あからさまに戸田助教の悪口を言う。研究室では、加茂川准教授の足を引っぱっているだけの存在なのではないか、というわけだ。だがこれは、いつも加茂川准教授と一緒にいられる戸田助教への嫉妬心が大きかったに違いない——。

ぼくらは、こっそり二人の後をつけて、研究棟入り口の植栽の陰に身を潜めた。彼女たちに全く気づかれていないことを確認すると、将太が横目でぼくをチラリと見て、小声で囁いた。

「やるぞ」

ぼくは「うん……」と答えたものの、ここまで来てやっぱり余り気が進まない。バカらしいのは重々承知だけれど、陰に隠れてこんなことをやり、もし見つかった時に「単なる冗談でした」で済むのだろうか？　相手が同級生ならばともかく、あの加茂川准教授だ。前田教授を説き伏せて、ぼくらは「民俗学研究室入室不許可」になってしまう可能性もある。

「おい、早くしろ。研究室に行っちゃうじゃないか！」

そう言うと将太は例の「狐の窓」を作り、ぼくも仕方なく、何とか真似をして指を組んだ。そして将太の言うように、その「窓」を通して、加茂川准教授たちを覗いたのだけれど——。

当たり前と言えば当たり前で「窓」からは、変わらない二人の後ろ姿が見えた。

しかし。

「あっ」

将太は小さく叫ぶと再び「窓」から覗いて、例の呪文を早口で唱えた。

驚いたことに、将太の体は小刻みに震えていた。見れば、額には、うっすらと汗が浮かんでいる。

「どうしたんだ、将太？」

問いかけるぼくを見もせずに、

「あ、ああ」半ば呆然とした顔で答えた。「おまえには、見えたか？」

「何が？」

「加茂川准教授の正体が」

まさか。

ぼくは笑った。

「からかってるのか」

「本当に、おまえには見えなかったのか？」

「よせよ、将太」ぼくはうんざりした声で答えた。「もちろん、普段通りの加茂川准教授たちの姿しか見えなかった」

「そうか……」

「将太には、何が見えたんだ？」

ああ、と将太は青ざめた顔で言った。

「烏《からす》だ」

「烏？」

「真っ黒い烏の姿が見えた。『狐の窓』一杯に」

ははっ、とぼくは笑った。

「それは、准教授の髪だろう」

「黒髪が『窓』一杯に広がるもんか！」

じゃあ洋服——と思ったけれど、今日の准教授は、春っぽく薄いブルーのジャケット姿だった。ということは、

「単なる見間違いだな。変な思い込みがあるからだ」

「絶対に違う。二度とも、そう見えた」

「もういいよ、行こう」

「本当なんだって！」

将太が叫んだ時、ぼくは背中に冷たい視線を感じて振り返ったが、誰の姿もない。

でも何気なく研究棟を振り仰いだ時、二階の民俗学研究室の窓から、じっとぼくら二人を見下ろしている加茂川准教授の白い顔が見えた。

なぜか、ゾッ……とした。

冷や汗が出たが将太に告げず、ぼくらはそっとその場を離れた。

三日後。

将太は嵐山《あらしやま》線のホームから転落して、滑り込んで来た電車に撥ねられて即死した。

しかしそれが自殺だったのか、事故だったのか、それとも誰かに後ろから突き飛ばされたのか——。

未だに判明していない。

＊

新幹線は鴨《かも》川を渡ると、京都駅に到着した。

荷物を素早くまとめて新幹線を降り、山陰線乗り場のホームを目指す。山陰線は三十番台のホームだから、京都駅の端から端への移動になる。溢れかえる人混みを掻き分けて、雅は小走りにホームへと向かった。ここから嵯峨野《さがの》線に乗って、亀岡《かめおか》まで。

嵯峨野線は、山陰本線で京都から南丹《なんたん》市・園部《そのべ》までの、わずか十六駅の区間での呼び名で、嵐山方面に向かう観光客には大人気の路線だ。しかし今回、雅の目的はもちろんレトロな嵯峨野トロッコ列車でも、保津《ほづ》川《がわ》下りでもない。出雲大神宮、一点のみだ。降りる駅も「トロッコ亀岡」ではなく、「ＪＲ亀岡」。

〝でも、そういえば……〟

三十二番ホームに辿り着いて嵯峨野線を待ちながら、ふと思った。

この間の奥出雲での拠点は「亀嵩《かめだけ》」だった。そして今回は「亀岡」。

偶然？

いや、違う。

雅は首を横に振った。

大国主命を祀る島根・出雲大社の神紋は「亀甲に剣花菱《けんはなびし》」で、八重垣神社も同じ。素戔嗚尊の熊野大社は「亀甲に大の字」。

伊邪冉尊《いざなみ》を主祭神とする神魂《かもす》神社は「亀甲に有の字」。この「有」の字はもちろん、分解して「十」と「月」になって十月――出雲の「神有《かみあり》（神在）月」を表している。ゆえにこの時期、出雲以外の日本各地では「神無《かんな》月」になる。

大国主命の后神・三穂津姫《みほつひめ》命と、その御子神の恵比寿《えびす》神・事代主《ことしろぬし》神を主祭神とする美保《みほ》神社の神紋は「亀甲に三」。

出雲四大神の一柱・佐太大神の佐太神社は「二重亀甲」。

主要な神社殆ど全ての神紋が、亀甲――亀ではないか。

そして今回は、奥出雲の「亀嵩」から、京都の「亀岡」。

これが偶然だと言える方がおかしい。必ず何らかの理由で繋がっているはず……。

各駅停車の嵯峨野線電車が、雅の待つホームに滑り込んできた。

ここから特急に乗れば、亀岡までは約二十分。快速でも約二十三分、各駅では三十分ほど。念のために駅員に確認すると、今の時間なら、この各駅が一番早く亀岡まで行くと教えてくれた。

雅はお礼を言って、空いている前方車両まで急ぎ足で移動すると座席に腰を下ろし、早速資料を開く。到着するまでの時間で、出雲大神宮に関して再確認しておかなくてはならない。


「出雲大神宮。

（いずもだいじんぐう・いずもおおかみのみや）。

京都府亀岡市、千歳町《ちとせ》千歳出雲無番地に鎮座する、丹波国一の宮。本来の社名は『大八洲国国《おおやしまのくにくにの》 祖神社《みおや》』であったとされている。

社殿創建は元明天皇の御代《みよ》、和銅二年（七〇九）十月二十一日であるため、平成二十一年（二〇〇九）には千三百年を迎える」


歴史学者の上田《うえだ》正昭《まさあき》は、和銅三年（七一〇）、藤原京から平城京へと都が遷る前年に大神宮の社殿が創建されたことは偶然ではない、と言っている。おそらくここには、朝廷の何らかの意図が働いていたと考える方が自然だろう。

それにしても「大八洲国国祖神社」とは、凄い名称だ。まるでこの神社は、日本国の生みの親を祀っている印象を受ける。いや、主祭神が大国主命であるなら、そういうことなのか……。

発車のアナウンスが流れ、列車はゆっくりと動き始めた。

「出雲大神宮の神階は、正応五年（一二九二）十二月には正一位へと昇叙されている。『延喜式』に記載された政府公認の古社、式内名神大社であった。出雲国と大和国の両勢力の接点に当たる丹波国に、元明天皇によって大国主命が祀られたのが創祀とされる。但し、本殿裏には、推定五世紀から六世紀初頭の横穴式墳墓があることなどから、草創は古墳時代以前に遡ると思われる」

〝古墳時代！〟

つまり、神社自体の創建は三世紀後半から五世紀頃。やはり崇神天皇在位近辺の年代だ。もちろん元明天皇の時代までは、現在のようにきちんとした社殿もなかっただろうから、いわゆる「神籬《ひもろぎ》」——神の依り代の場所として祀られていたわけだ。

「主祭神は、大国主命と、その后神・三穂津姫命《みほつひめ》。

三穂津姫命は、八百万《やおよろず》の神に先駆けて高天原に成りました高皇産霊尊《たかみむすび》の姫神であり、市内を流れる保津川は、この女神の名前から取って名づけられた。それまでの保津川は、大神宮の御神体山《ごしんたい》である千年山《ちとせやま》の名を取って、千年川と呼ばれていた。

現存していない『丹波国風土記』には、『元明天皇和銅年中、大国主命御一柱のみを島根の杵築の地に遷す』との記述があったという。それが、出雲国・出雲大社（杵築大社）である」

家で見た「元出雲」の名称の根拠だ。

後の世に遷された大国主命を祀り慰霊している場所が、現在の出雲大社なのだと。

更に資料は、こう言う。

「出雲国といえば、島根県東部の出雲の地域を指すと思われがちだが、葦原の中つ国を代表する広義の出雲は、それよりは遥かに広大であった。そのありようは、『日本書紀』の崇神天皇六十年七月の条に記すエピソードにも反映されている」

丹波、丹南の辺りまで「出雲」と呼ばれていた可能性もある。ということは、京の都のすぐ外側が「出雲」の地だったかも知れない！

もしも実際にそうだったとするなら、今まで「出雲」に対して抱いていた地理的イメージが変貌を遂げてしまう。「神々の流刑地」とまでいわれた「出雲」が……。

雅は、眉根を寄せながら続きを読んだ。

少し時代が下って鎌倉時代、あるいは室町時代に書かれたという吉田兼好《よしだけんこう》の『徒然草《つれづれぐさ》』第二百三十六段にも、

『丹波に出雲と云ふ所あり。大社《おおやしろ》を移して、めでたく造れり』

と書かれている。

また江戸時代の福岡藩士で儒者の貝原益軒《かいばらえきけん》は、京都を出発して丹波・丹後・若狭・近江と旅行し、その紀行文をまとめた。そしてそこには「亀山より北東の山の根に、出雲と云里《いう》あり」云々……と書かれている。

他にも実に多くの人々が、この大神宮に関する文章を残しているようだった。

〝当時から、非常に篤い崇敬を受けていたことは間違いない〟

雅は納得しながら先を読む。

その大神宮の社殿の造りはというと、

「本殿は三間社流造《さんげんしゃながれづくり》平入《ひらいり》。屋根は檜皮葺《ひわだぶき》。建坪約十四坪。正面に一間の向拝《こうはい》を設け、前庇《まえびさし》を外陣《げじん》、身舎《もや》を内陣《ないじん》・内々陣にあて、外陣と内陣部分には高欄《こうらん》付きの縁を回している」

とあった。更に裏手には、古墳（墳墓）があるというのだから、相当な規模だ。

雅は大神宮の案内図を取り出して、膝の上に広げて確認する。

国常立尊《くにとこたち》を祀る御神体山の御影《みかげ》山の麓に境内が広がり、その中心には大国主命と三穂津姫を祀る「本殿」がある。本殿の北東（艮《うしとら》）の方角には、素戔嗚尊と奇稲田姫を祀る「上《かみ》の社《やしろ》」。

西側の鳥居の外には、猿田《さるた》彦《ひこ》神と大山祇《おおやまつみ》神を祀る「黒太《くろだ》夫《ゆう》社」。この「黒太夫社」は、本殿を参拝するに先立ってお参りするのが、正しい参拝順序といわれている。

黒太夫社の隣には、祖霊を祀る「祖霊社」があり、この二つの社が、出雲大神宮摂《せっ》社《しゃ》となっていた。

次に境内末社《まっしゃ》として、大国主命の御子である事代主命《ことしろぬし》と、大国主命と共に国造りをした少彦名《すくなひこな》神を祀る「笑殿《わらえどの》社」。この「笑殿」というのは、参拝者の穢《けが》れを祓うための「祓殿《はらえどの》」が転訛したのではないか、という説もあるらしい。

第十代天皇・崇神を祀る「崇神天皇社」。建甕槌《たけみかづち》神と、天児屋根《あめのこやね》命を祀る「春日《かすが》社」。市杵《いちき》嶋姫《しまひめ》命を祀る「弁財天《べんざいてん》社」。宇迦之《うかの》御魂《みたま》神を祀る「稲荷社」。

五末社だ。

これだけでも相当な規模なのに、その他に「磐座《いわくら》」「みかげの滝」「真名井《まない》の水」「夫婦《めおと》岩」「招霊《おがたまの》木」そして「古墳」がある。

なかなか見所満載の神宮ではないか——。

雅を乗せた嵯峨野線は、保津峡駅を発車した。

亀岡までは、あと二駅。わずか五分ほどで到着する。改札を出て駅前からバスに乗れば、十五分足らずで出雲大神宮だ。

＊

牧野《まきの》竜也は、同級生の佐藤蓉子《さとうようこ》と二人で、駅前の喫茶店にいた。

蓉子は四月から竜也とは違う研究室に入る予定だし、決してカレシとカノジョというような関係ではない。しかし普段から、将太たちと一緒にカラオケに行ったりするほどには仲が良かったので、今日、春休みのキャンパスでたまたま会ったのを良いことに、お茶に誘った。

「どうしたの？　さっきから黙っていて。やっぱり、将太くんのこと？」

ああ、と竜也は真剣な表情を崩さずに答えた。

「今日、研究室に府警の刑事が来た。今朝早く、研究室に連絡が入ったらしいんだ」

「聞いたわ」蓉子も顔を曇らせる。「私も本当に驚いた。捜査中なんだって。それで、何を聞かれたの？」

うん、と言って竜也は、今日の出来事を蓉子に説明する。


亡くなった森谷将太くんに関して少し伺いたいといって、府警から若い男性の刑事が大学の学生課を訪ねて来た。今のところ府警としては事故の可能性が高いと見ているが、念のために——ということだったようだ。そこで学生課から、将太が進む予定だった研究室に連絡が入った。将太は部活に参加していなかったし、サークルにも属していなかったから、竜也たちの研究室を紹介したのだろう。

今日、研究室にいたのは、加茂川准教授と、戸田助教、畑山巧《はたけやまたくみ》助手、そして竜也の四人だけだった。

加茂川准教授と戸田助教は、まだ将太とそれほど接点がなかったので、話はもっぱら畑山助手と竜也――当然ながら、主に竜也が聴取の対象になる。

普段の生活はどうだったか、友人関係はどうだったか、悩みを抱えている様子はなかったか――つまり、自殺を試みるような雰囲気はなかったか、ということだ。

竜也は全部否定した。将太は、四月からこの研究室に入ることを、とても楽しみにしていた（もちろん本当の動機の、加茂川准教授がいるから、とは言わなかった）。

すると刑事は、

「家族の方も、そうおっしゃっていました」

と言う。すでに確認済みだったようだ。

家族の話によると、将太は朝早く家を出て、どこか市外まで出かける予定だったらしい。ここ数日は余り元気がなく、その日も少し眠そうだったが、態度や様子は普段通りで、特別変わった感じを受けなかったという。その証言と、遺書らしき物が未だに見つかっていないことから、自殺の線は非常に薄いという。

改札の駅員の話では、携帯に気を取られていた様子もなかったらしい。また嵐山線は四両編成のため、松尾駅のホーム自体はそれほど長くないし、ちょうどあの辺りは一直線で見通しも良い。

始発に近い早朝だったので、まだ寝起きでぼんやり歩いていて、ホームから足を滑らせて線路に落下したのではないかとも考えられたが、目撃者がおらず、今なお捜査中だと説明した。

その話を聞いていた竜也たちに向かって、刑事が問いかけた。

「最後に伺いますが、どんな小さなことでも良いので、将太くんに関して、最近気づいたことなどがあれば教えてください。これも一応、念のために」

「いえ、特に……」

と答えて顔を見合わせる加茂川准教授と戸田助教の横で、

「ぼくも、別に……」

畑山が答えると、

「きみは」刑事が竜也を向いた。「同級生として、何か気づいたことなどは？　たとえば、今までとは急に言動が変わったとか」

「えっ」

「それまでとは違う、変なことを言い出したとか――。いや、もしも自殺だったとすると、何か前兆が表れますからね」

「い、いえ……特に何も……」

視線を逸らして俯きながら答える竜也を刑事はじっと見たが、すぐに全員に視線を移すと、

「分かりました」と言って手帳を閉じた。「後ほどでも構いませんので、何か気づいたことがあれば、府警まで連絡してください」

そう告げると、研究室を後にした――。

「大変だったね……」蓉子は竜也の顔を覗き込んで尋ねる。「でも、将太くんに関して思い当たることが何かあるのね、竜也くん」

ああ、と竜也は弱々しく頷くと、

「実は……」

周りを気にしながら、先日の出来事を蓉子に伝える。

その人間の正体が見える「狐の窓」というマジナイがあり、それを将太が突然やると言い出して、竜也も無理矢理つき合わされた。そして、こともあろうに、戸田助教と連れ立って歩いていた加茂川准教授を、こっそりと覗いた――。

「何でまた、そんな子供みたいなことを?」

「いや。これは柳田國男の本にも載っている真面目なマジナイだって、将太が言ったんだ。民俗学を志す上でやっておかなくてはならないとか何とか――」

「マジナイ……」蓉子は呆れ顔で尋ねた。「それで？」

「もちろん、ぼくは特別何も変わって見えなかった。でも将太は、加茂川准教授が、真っ黒い鳥に見えたと言い張ったんだ」

「何それ？」

「ぼくも笑ったんだけど、将太は二度確認したから間違いない、と答えた――」

「そんなバカなこと。もしかして、私をからかってる？」

「本当なんだよ」

「単なる見間違いよ。将太くんの勘違い。もしくは、あなたをおちょくった」

「違う」竜也は真剣な顔つきで首を横に振った。「ぼくも最初はそう思った。でも、あいつは真っ青な顔になっていて、本気で震えてたんだ！」

「演技じゃなくて？」

自分を見つめながら無言のまま首肯する竜也に、

「じゃあ」と蓉子は小声で言った。「それが見間違いだったとしても、少なくとも将太くんは、本気でそう考えていたって言うのね」

「ああ。間違いない」竜也は、乾いてしまった唇をコーヒーで湿らせる。「しかも、もっと驚いたことがあったんだ」

「それは？」

「何か変な視線を感じて振り返ったら」竜也は更に声を落とす。「研究室の窓から、加茂川准教授が、ぼくらをじっと見下ろしていたんだ。いつも通りのあの無表情な顔で。もしかしたら、ぼくらの会話が耳に入ってしまったのかも知れない。最後の方は、将太が声を上げてたから」

「あなたたちの悪戯を、加茂川先生に知られたかも知れないっていうの？」

多分、と竜也は頭を抱えた。

「その日から、将太はすっかり落ち込んじゃって……あんなことになった……」

「でも」と蓉子は竜也の顔を覗き込む。「その話と将太くんの事故が、どこでどう繋がるっていうの？　それを気にした彼が、頭が一杯になってホームから転落したわけでもないし、まして自殺ではなさそうだって府警の人も言ってたんでしょう」

「それはそうなんだけど……」

竜也は小声で答えた。

「マジナイ——いや、この場合は呪《のろ》いなんじゃないか……。加茂川先生の最近の論文は」竜也は、顔を上げた。『中世における呪《まじな》いとその実践――神道・古神道の呪術に関する考察――』で、前田教授も絶賛していたっていうから」

「だから？」

「もしも将太の言ったことが本当で、将太に正体を気づかれたことを加茂川先生が知ったとしたら……そして本当に、先生が呪術を使えたとしたら……」

「ちょっと！　本気で言ってる？」

ああ、と竜也は真面目な顔で首肯した。

「そういった呪術は、奈良時代や平安時代どころか、明治、昭和になってからだって普通に行われていたんだからね」

「残念ながら」蓉子は笑う。「今は、平成の時代なの」

「でも、西アフリカやハイチ辺りじゃ、今もブードゥー教だって存在してる」

「ここは平成の日本なのよ。そんなことを考えてる人がいること自体信じられないくらい近代なの」

「可能性はあるよ。だって――」

「いい？」蓉子は竜也の言葉を遮る。「あなたの推論が成り立つためには、四つの仮定をクリアしなくちゃならないのよ。まず一つめ」

蓉子は一息に喋る。

「将太くんの見間違いとか勘違いではなく、彼の『狐の窓』に『黒い烏』が見えたのか？　二つめ。加茂川准教授が本当に『黒い烏』、あるいはそれに類する人間なのか？　三つめ。真実そうだったとして、そのことが加茂川先生にとって、殺人を犯してしまうほどの不利益・不都合なことなのか？　そして四つめ。これが最大の問題ね——」

蓉子は竜也を見た。

「呪いだけで人を殺せるのか？」

「いや……」

うな垂れて口を閉ざした竜也の前で、

「色々あったから、疲れてるんでしょう。だから、余計なことを考えちゃうのよ」

蓉子は、すっかり冷めてしまったコーヒーを飲み干した。

《離れ雲は帰らず》

「初めに言《ことば》があった」

と『新約聖書』「ヨハネによる福音書」にある。

続けて「言は神と共にあった。言は神であった」「万物は言によって成った。成ったもので、言によらずに成ったものは何一つなかった」とまで書かれている。おどろくべきことに、言葉がこの世界を造ったというのだ。

一方わが国にも「言霊《ことだま》」がある。世界の創造とまではいかないが、言葉として口に出したことは、必ず実現するという思想だ。

『万葉集』巻第五には、山上憶良《やまのうえのおくら》の歌に、この大和の国は、「言霊の　幸《さき》はふ国と語り継ぎ」であると詠まれているし、巻十三では、歌聖《かせい》・柿本人麻呂《かきのもとのひとまろ》も、

磯城島《しきしま》の日本《やまと》の国は言霊の

たすくる国ぞま幸《さき》くありこそ

——この日本は「言霊」が我々を助けてくれる国であるから、どうぞご無事で、と詠んでいる。

折口信夫《おりくちしのぶ》の「言語精霊」や「神言《かむごと》」を持ち出すまでもなく、我々の発する言葉は、それほど強い力を持っているということだ。

「言葉」はそのままで「呪言《じゆげん》」「呪術《じゆじゆつ》」となる。弘法大師・空海《くうかい》が、日本にもたらした真言密教を考えれば、一目瞭然。「真言《マントラ》」は、そのまま「呪《じゆ》」と訳せるのだから。

但し。

「呪」や「呪術」と、「呪《のろ》い」は、似て非なるものだ。

「呪い」というのは、人間以外の神秘的なモノの力を借りて災いを起こすこと。代表的なものが、木の幹に藁人形を打ちつける「丑《うし》の刻《こく》参り」。その具体的な方法を、ここでは特に記さないが、丑の刻——現在の午前二時頃、怨《うらみ》ある人に禍《わざわい》を負《おわ》せようとして、

「ふかく一向《ひたすら》に念《おも》ひつめてものする所為《わざ》」

である。その「呪い」によって、相手は七日目の満願成就の日に命を落とすといわ

れている。

一方、先の人麻呂の歌のように「言霊」を含む「呪術」は、「凶《わる》からしむ方に」だけ使うとは限らない。吉を凶にもすることができるが、同時に凶を吉にすることが可能だ。

その「呪術」を駆使した日本史上最も有名な人物は、邪馬台国《やまたいこく》の女王・卑弥呼《ひみこ》だろう。『魏志倭人伝《ぎしわじんでん》』にも、

「鬼道《きどう》に事《つか》え、能《よ》く衆を惑わす」

とあり、この「鬼道」というモノが中国の習慣に見られないことから、歴史学者の武光誠《たけみつまこと》は、

「卑弥呼は日本ならではの呪術を用いる呪術師あるいは巫女《みこ》であった」

と言っている。卑弥呼は「呪術」を以て「衆を惑わす」――人々を自らに従わせたということだ。

その「呪術」と非常に深い関係にある「占術《せんじゅつ》」に関して言えば、時代が下って大和朝廷以降になると、天皇即位に伴う大嘗祭《だいじょうさい》が執り行われるようになった。その際、新穀を耕作する地方を決めるために、アカウミガメの甲を使う「亀卜《きぼく》」を行う。実に古典的な「占術」で、一時期途絶えていたものの復活し、平成の現在に至るまで続けら

れている。

　この近代社会に於いても、天皇家の祭祀という根元的な部分に「占術」が横たわっているのだ。

　先の武光誠の言葉を引けば、

「現代人は、近代科学に生活を守られているおかげで、ほとんど呪術や占術に頼らなくても生活できる」のだから「近代科学で解決できることを、呪術に頼るのは愚かである」が、それと同時に、この世の出来事を近代科学で百パーセント、カバーできるわけでもないことも認めざるを得ないと言う。

　そこで残りの数パーセントに、呪術が入り込む。

　それは、今まで述べてきたようなおどろおどろしいものではなく、単なる願望かも知れない。

「キャンプの日は晴れますように」

「素敵な恋人と出会えますように」

「あの人が幸せに暮らせますように」

「鬼は外、福は内」

　だが、これも立派な「呪言」だ。

そして……。

良く考えてみると、近代科学の手が及ばない出来事、残り数パーセントの部分の願いの方が、愛憎や欲望を抱えた人間としての根源に近いことに気づく。

それは、大国主命《おおくにぬしのみこと》が受け持つという「幽事《かくりごと》」の部分。

そこに力を及ぼそうというのが「言霊」であり「呪」であり「占術」を含む「呪術」だ。

つまり「言霊」や「呪術」を自在に操ることができる人間は、この世界のほぼ百パーセントを、思うがままに動かすことができることになるのである——。

彼女は満足そうに微笑んだ。

＊

雅は「出雲神社前」でバスを降りると、道の前方に見える大きな白い鳥居を目指して歩いた。

先ほどの嵯峨野線亀岡駅のこちらと反対側には、鵺《ぬえ》退治で有名な文武両道の武将・源頼政《みなもとのよりまさ》の首塚（あるいは胴塚）があるらしい。とても興味をそそられる史跡だが、そこはまた改めてゆっくり足を運ぶことにして、今日のところはこちら。

出雲大神宮。

大きな白い石造りの社号標、石灯籠、そして鳥居をくぐると右手には、

「丹波國一之宮　名神大社　元出雲　出雲大神宮」

という文字が刻まれた大きな自然石が置かれている。それを横に眺めながら、雅は由緒板を読む。そこには、

当宮には大国主命とその后神《きさきがみ》三穂津姫命、御二柱の御神格を併《あわ》せて主宰神《しゅさいしん》と称《しょうし》て祀り、他に天津《あまつ》彦根《ひこね》命、天夷鳥《あめのひなどり》命を祀る。

殊に三穂津姫命は天祖《てんそ》高産霊《たかみむすび》尊の御女《おんむすめ》で大国主命国譲りの砌《みぎり》、天祖の命により后神となり給う、天地結びの神即《すなわ》ち、縁結びの由緒、亦《また》ここに発するもので俗称、元出雲の所以《ゆえん》である……云々。

とあった。

やはりここが、日本最強の「縁結び」の地ということは間違いないようだ。何しろ「天地結びの神」が祀られているのだから、雅の願いも間違いなく叶えてくれるは

ず。鳥居をくぐると、右手には手水舎と、立て札に「真名井のいずみ」と書かれた泉があった。

手水舎で口と手を清めて泉に近づくと、ポリタンクを手にした人々が列を成していた。しかもその会話の内容から、地元の人ばかりではなく、かなり遠方から水を汲みに来たと思われる人たちもいた。霊験あらたかで有名な泉らしい。

その少し先には伊勢の二見浦《ふたみ》で見られるような、注連縄が掛けられた隣り合った大小の夫婦岩《めおと》が置かれていた。大きさは二見浦と比べるまでもなく可愛らしいが、岩に掛かっている注連縄は、ごく普通に見られる物とは全く違っていた。というのも、縄には何十本もの赤い紐が掛けられ、しかもその先端には五円玉（ご縁玉）が、重しのように結びつけられ、無数にぶら下がっている。

近くの地面には、大きなハートマークのような物が描かれていた。実はこれは「猪《いの》目《め》」という文様で、その名前の通り猪の目を模《かたど》った魔除けらしいのだが、二重の意味でこの神社にぴったり。

さすが、日本一の縁結びの神社。

雅も岩の前で、一心に祈った。カップルで祈ると効果倍増らしいから、祈りながら、素敵なカレシができたら必ず二人でまたやって来ようと固く決心した。

やはり研究テーマを「出雲」にしておいて良かった！

左手先には、市杵嶋姫命《いちきしまひめ》が祀られている「弁財天社」が見えたが、こちらは帰りがけに参拝することにして、まずは正式な参拝順序に則《のっと》り、境外《けいがい》に鎮座している摂社の「黒太夫社」を目指す。

〝でも〟

本殿より先に参拝するのが正式な摂社とは……。

境外に出ると、昔懐かしい火の見櫓も見えるのどかな田舎道を歩いた。バス停から神社に向かって歩いてきた道だ。神社入り口でカーブして、この場所まで通じているのだろう。

やがて右手前方に、こんもりとした林が見え、朱塗りの低い瑞垣《みずがき》が現れた。その瑞垣を回り込むようにして正面に立つと、一間《いっけん》社の小さな社が二つ見える。「黒太夫社」と「祖霊社」だ。風にはためく何本もの幟には、

「猿田毘古神　導の神

大山祇神　山の神」

と書かれていた。この二柱の神が祀られているらしい。
雅は鳥居をくぐって狭い境内に入る。正面の低い石段を五段登って、まずは「黒太夫社」に参拝する。続いて隣の「祖霊社」の参拝も済むと、傍らに立てられている由緒書を読んだ。そこには、

摂社　黒太夫社
御祭神　大山祇神（オオヤマヅミノカミ）
　　　　猿田毘古命（サルタヒコノミコト）
（御由緒）
大山祇神は伊邪那岐神、伊邪那美神が神生みをされた時の御子神にして、すべての山を統括される偉大なる山の神として祀られる。
猿田毘古命は天孫降臨の際、道案内をされた導きの神であり、一般に天狗のような特異な容貌をされた神である……云々。

とあった。
なるほど。猿田彦神は「導き」の神だから、まずこの社にご挨拶しておくというこ

となのか。猿田彦神に、お参りの先導をしていただくという意味だ。また大山祇神は、おそらくこの辺りの氏神になるのだろうから最初に挨拶する。

そこまでは理解できた。

しかし……。

この二柱の神を祀っている社の名称が、どうして「黒太夫社」なんだろう?

大山祇神は別としても、猿田彦神のイメージは、この由緒に書かれているように「天狗」。赤ら顔なのではないか。烏《からす》天狗というなら「黒」でも構わないけれど、猿田彦神は決して烏天狗ではない。『書紀』神代下《かみのよのしものまき》にも猿田彦神は、

「其の鼻の長さ七咫《ななあた》」

と書かれている。日本において「咫」は、約十六センチとされているから、かなり大袈裟な描かれ方だろうけれど、少なくとも烏天狗のはずはない。

そもそも「黒太夫」とは何者?

実は学部生時代、雅も少し気になって調べたことがある。結局、その正体をつかむことができなくて、いつしか忘れてしまっていた。

もう一度、調べ直しておかなくては。

雅は「黒太夫社」を後にすると、再び来た道を戻って鳥居をくぐり、大神宮の境内

に戻った。

〝さて〟

改めて参拝だ。

まず社務所に行って御神体山の磐座《いわくら》まで登るための参拝受付を済ませ、白い襷《たすき》を受け取って首から掛け、その姿のまま拝殿へと向かう。おそらく、若いのに熱心な氏子だと勘違いされたのかも知れない。すれ違う参拝客全員からじろじろと見られた。ちょっと変な気分。

明治になってから造営されたという拝殿は、妻入《つまいり》の入母屋造で、本殿同様に檜皮葺だった。典型的な舞殿《まいどの》形式の建物で、十月の例祭や鎮花祭《ちんかさい》——通称・花鎮祭《はなしずめのまつり》では、この場所で巫女による「浦安《うらやす》の舞」が奉納されるらしい。

毎年四月十八日に斎行される鎮花祭は、もともとは疫病鎮めの祭りだったという。しかしこの地域は、日照り・干魃に苦しめられ続けた土地であったため、御神水・真名井の泉でも間に合わなくなってしまった時の、雨乞いの祭りにもなったのだという。

雅は、その立派な拝殿の周囲を回り込んで、本殿前に立った。ここに、ずっと追っている大国主命と、后神の三穂津姫命が祀られているのだ。

前面の拝所から覗き込めば、朱塗りの本殿の前に、

鎮魂詞《いのりのことば》
幸魂《さきみたま》　奇魂《くしみたま》
守り給え　幸《さきわえ》　給え

と書かれた木板が立てられていた。

「奇魂」は、まさにこの間その謎を解き明かしたばかりの「櫛魂」ではないか！

間違いなく「櫛」は、朝廷に抗《あらが》った者たち。そして「櫛」を冠した名称を持つ神は、朝廷から忌み嫌われた神。

「櫛御気野命《くしみけぬ》」。「櫛名田比売《くしなだ》」。「天照国照彦火明櫛玉饒速日命《あまてるくにてるひこほあかりくしたまにぎはやひ》」。

いくらでも例を挙げられる……。

雅は神妙な顔で柏手を打つと、口の中でその神語を三度繰り返し唱えた。

参拝を終えて本殿を後にすると、まず「崇神天皇社」に向かう。社は、メインの参道から少し離れた場所に鎮座していた。雅は一間社の小さな社に向かって拝礼した。

横にある立て札にも書かれているように、崇神天皇の和名は「御肇国天皇《はつくにしらすすめらみこと》」。こ

の名前から推察される通り、実は初代の日本国天皇ではないかといわれている。その姿が、初代天皇とされる神武に投影されているのではないか、と。

続いて由緒板を読んでいると、最後に手元の資料とは違って「崇神天皇は丹波の國を平定され、当宮を創建されました」と書かれていた。

〝ちょっと待って……〟

雅は、持参してきた『書紀』を取り出すと、急いでページをめくって確認する。

〝ここだ〟

崇神天皇六年の条。

「百姓《おおみたから》流離《さすら》へぬ。或《ある》いは背叛《そむ》くもの有り。其の勢《いきおい》、徳《うつくしび》を以《も》て治めむこと難《かた》し」

——この年、大勢の人々が逃亡したり、朝廷に対して反逆を試みたりした。その現状に窮した崇神天皇が神に問うと、天照大神と大国魂の二神を天皇の御殿に祀っているためだといわれた。つまり、余りにも畏れ多いというのだ。

そこで天皇は、この二柱の神々に宮廷から退去いただくことにした。ところが、

「日本大国魂神《やまとのおおくにたまのかみ》を以《も》ては、渟名城入姫命《ぬなきのいりびめ》に託《つ》けて祭らしむ。然《しか》るに渟名城入姫、髪落

ち休瘦《やすか》みて祭《いわいまつ》ること能《あた》はず」

——大国魂神を渟名城入姫命に託したが、渟名城入姫命は髪が落ち、痩せ衰えて祀ることができなくなってしまった。

その後、半年近くを経て、ようやく大国魂神を祀ることができたという。但し、本《もと》居宣長《おりのりなが》の『古事記伝』などによれば、この大国魂神と大国主命とは違う神であるとされている……。

この由緒板を読む限り、その崇神天皇が出雲大神宮に深く関わっていることだけは間違いない。宮廷から退去させられた大国魂神は島根の「出雲」に鎮座される前に、この「元出雲」に祀られたのだろう。

雅は頷きながら『書紀』を閉じると、次の「春日社」へと向かった。

ちょうど本殿裏手に位置している「春日社」は、朱色の瑞垣に囲まれた中に、人の背丈もあろうかという岩が、白い紙垂《しで》の下がった注連縄を掛けられて鎮座しているだけだ。

どうしてこれが「社」なのだろうと不思議に思いながら、その横に立てられている由緒板の祭神名を読む。

末社　春日社
御祭神　建御霊之男神（タケミカヅチノカミ）
　　　　天児屋根命（アメノコヤネノミコト）

もちろんこの建御霊之男神——建甕槌神《たけみかづち》は、出雲国・稲佐《いなさ》の浜で、大国主命に国譲りを迫った武神だ。その結果、大国主命の子である事代主神《ことしろぬし》は入水して命を絶ち、もう一人の建御名方神《たけみなかた》は、両腕をもぎ取られて諏訪《すわ》まで逃げ、二度とその地を出ないことを誓約させられた。

もう一柱の祭神の天児屋根命は、中臣氏《なかとみ》——藤原氏の祖神で「春日明神」とも呼ばれて、奈良・春日大社の主祭神の一柱でもある。

つまり——天児屋根命は別としても——建甕槌神が大きな「岩」ということなのだろう。事実、建甕槌神を祀っている、常陸《ひたち》国一の宮の鹿島《かしま》神宮では、地震を抑えるという「岩」が鎮座している。

それにしても。

ここでも「震」と「雷」だ。

もしかして今回は「雷」がついて回っている？

まさか。

第一、菅原道真を追っているわけではない。それに「出雲」と「雷」が、それほど深い関係にあるとは思えない。

お参りを済ませると、雅は石ころだらけの坂道を登った。

次は、やはり朱塗りの鳥居が一際目を引く「稲荷社《いなり》」だ。これもまた大きな岩の上に、それほど大きくはない一間社が載っている。そしてこちらも、近くには注連縄が張られた岩がいくつも置かれていた。

雅は由緒に目を落とす。

末社　稲荷社

御祭神　宇迦之御魂神（ウカノミタマノカミ）

とあった。

稲荷は一般的に「稲の精霊が神格化された神」とされ、宇迦之御魂神の「宇迦」は「食《うけ》」と同じなので、食物全てを司る神と考えられている。

しかし、日枝山王大学・水野研究室では違う。

この「稲」は「鋳《いな》」であるというのは、雅たちの周囲では常識だ。そう考えることによって、常に稲荷神社とセットで頭に浮かぶ朱塗りの鳥居の意味が分かるからだ。「朱」は、鉄と非常に関係の深い「朱砂《すさ》」＝辰砂《しんしゃ》であり水銀であると同時に、朱砂の王——素戔嗚尊の標章となる。故に、猫の額ほどの水田しか所有していない京都・伏見の山が「稲荷山」と呼ばれていることが納得できる。

あの場所は、一大産鉄地だったのだ。

その証拠の一つとして、稲荷山には、かの小狐丸《こぎつねまる》を鍛えた伝説の名刀工・三条小鍛冶宗近《さんじょうこかじむねちか》が住んでいた。山頂近くには彼を祀る社があり、実際に使用したという井戸が残存している。

つまり「稲荷」はそのまま「鋳成《いなり》」なのだ。

また「雷」。

稲から容易に連想される「稲妻」こそ、雷そのものだ。

稲妻に関しては、大地に雷が落ちると稲が良く育つという科学的な研究結果（？）があるらしい。それも間違いではないのだろうけど、素直に「稲＝鋳」と考えた方が早い。

鋳——鉄の農機具があるからこそ、稲——米の収穫量が格段に上がる。落雷の統計云々を持ち出すまでもなく、実に単純な話なのではないか。

雅は稲荷の社に参拝すると、そのすぐ横に見える「御蔭《みかげ》の滝」に立ち寄る。

いくつもの岩が小山のように重なって、その頂上辺りから美しい滝の水が流れ落ち、「龍神の池」に注いでいた。池の水は、涼しげなせせらぎとなって雅の前を横切り、本殿脇へと続いている。先ほど見た「弁財天社」の「神池」に流れ込んでいるという。

その小川の向こうに見えるのが、横穴式古墳と「神様の宿る御神体」の磐座だ。林の中に一体だけ鎮座している大きな磐座には、一際太い注連縄が張られていた。

この場所は全国でも有名なパワースポットとなっているらしく、今も何人もの参拝客が楽しそうに笑いながら写真を撮ったり、磐座をバックに自分たちが写ったりしていた。

そんな姿を横目に、雅は先へと進む。

次は「上《かみ》の社」。二人共に「櫛」の文字を持つ夫婦神の、素戔嗚尊（櫛御気野命）と奇稲田姫（櫛名田比売）が祀られている社だ。出雲・奥出雲でまわった「八重垣神社」「元八重垣神社」の主祭神。つまり、

〝強力縁結びの神〟

出雲大社本殿を模しているという流造平入の社の前に立ち、雅は深々と拝礼する。一間社だけれど、今までの社より一回りも二回りも大きな立派な社殿だ。さすがに参拝者の数も多く、雅もその列に並んで拝殿前まで進む。

〝どうか！〟

大きく柏手を打った。

参拝を終えると、社の横に立てられた由緒書に目を通す。

摂社　上の社

御祭神　素戔嗚尊（スサノオノミコト）

　　　　櫛稲田姫命（クシイナダヒメノミコト）

（御由緒）

素戔嗚尊は、伊弉諾尊《いざなぎ》が筑紫の日向の小戸の阿波岐原《あはぎはら》に禊《みそ》ぎ祓い給う時に生まれられた三貴子《さんきし》の一神にして、櫛稲田姫命と夫婦になられた厄災を祓う英雄神であり、夫婦和合の神である。

牛頭天王《ごずてんのう》・武塔神《むとう》などとも呼ばれる。

出雲のフィールド・ワークで、出雲大社の真の主祭神は大国主命というよりも、素戔嗚尊だったということが明らかになった。この出雲大神宮でもこうして、本殿より上の場所に、素戔嗚尊がいらっしゃる「上の社」が置かれている。ということは、出雲大神宮の本来の主祭神は、出雲大社と同様に素戔嗚尊なのだろう。出雲国自体が、素戔嗚尊の統治する国だったのだから。

雅は「上の社」を後にする。

いよいよ大神宮の根本、奥の院ともいえる磐座だ。

緩い上りの山道を歩いて行くと、白木の柱が二本立てられ、その上部に竹を渡し、注連縄が掛けられているだけの、とてもシンプルな鳥居が見えた。その横に立てられた表示板には、磐座参拝者に向けて、ここから先は「神域なる神奈備《かんなび》山」なので、必ず襷をかけて入山するようにという注意書きがあった。

雅は自分の首に提げた白い襷を確認すると、林の中に続く一本の山道を進む。両側を木々に囲まれていたり、切り通しのようになっていたり、片側は深い谷になっていたりという、気持ちの良いハイキングコースのようだった。

少し行くと、風になびく白い紙垂が下がっている注連縄が見えた。その向こう側、山の斜面にはいくつもの磐座が見える。

ここが「大八洲国国祖神社《おおやしまのくにくにのみおや》」の根本、国常立尊がいらっしゃる御神体の磐座だ。

その前には、

「御神座」
磐座群
この磐座群は、御神体山「御影山」に鎮まる國常立尊《クニノトコタチノミコト》の象徴として皇祖より一万年以前からこの地に鎮まっております。（中略）今尚、禁足の地であるこの磐座は、まさに國常立尊の聖蹟であると伝えられます。

とあった。

禁足地といわれると、麓とはまた違って周囲の空気もピンと張りつめているように感じる。本殿からわずか十分ほど登ってきただけとはいえ、緑の木々の量も違うし、間違いなく空気が澄んでいる。遠い昔から多くの人たちに神聖視されてきた場所だということを、実際に肌で感じることができる。

この「磐座信仰」というアニミズムも、実に謎が多い。

一般に良く見られるように、森や林、あるいは高木《こうぼく》や大木《たいぼく》が崇拝対象になるというのは納得できる。神が天上から降りてこられる際に、目印とするからだ。

また、先ほど思い浮かべた二見興玉《ふたみおきたま》神社や、奈良の大神《おおみわ》神社。京都の伏見稲荷大社、松尾《まつのお》大社、貴船《きふね》神社。熊野の神倉《かみくら》神社。長野の戸隠《とがくし》神社。広島の嚴島《いつくしま》神社。宮崎の天岩戸神社などに祀られている巨岩や形の美しい岩ならば、神坐《かみいま》す「磐座」として納得できる。

しかし、同じ奈良や京都でも、飛鳥坐《あすかにいます》神社や、月読《つきよみ》神社、鞍馬寺。また茨城の鹿島神宮などのように、それほど大きくはない岩を祀っている神社も多く存在している（但し鹿島神宮は、掘り起こすことが不可能なほど巨大な岩が地下に埋まっていて、そのほんの一部分だけが地上に顔をのぞかせているのだとされている）。

では、それらの岩たちは一体「何者」なのだろう？

何か、特別な意味を持っているのか……？

雅は首を傾げながら参拝すると、山を降りた。この点も改めて調べてみなくては。きっと何か秘密があるはず。

雅は先ほどのシンプルな鳥居をくぐり、本殿に向かう道から逸れて「笑殿社《わらえどの》」へ向かう。一間社の小さな社殿の横に立つ由緒書には、

末社　笑殿社
御祭神　事代主命（コトシロヌシノミコト）
　　少那毘古名命（スクナヒコナノミコト）

と書かれていた。この事代主命は、恵比須様としても崇められている、と。

だが、ここがいわゆる「祓殿《はらえどの》——祓戸社《はらえど》」であるならば、通常の祭神は「祓戸の大神」である「瀬織津姫《せおりつ》・速秋津姫《はやあきつ》・気吹戸主《いぶきどぬし》・速佐須良姫《はやさすら》」の四柱になる。この二柱の神とは、珍しい祭神だ。

といっても、事代主や少彦名命《すくなひこな》は、怨霊であることに間違いはないから「怨霊を以て怨霊を祓う」「鬼で鬼を祓う」という、歴史上の王道のパターンを取っている。

雅は真名井の泉の脇へと続く道を下り、参道を横切って「弁財天社」へと向かった。

その手前には、
神池に架かる赤い欄干の橋を進んで、一間社の小さな社に参拝する。

末社　弁財天社

御祭神　市杵島姫命（イチキシマヒメノミコト）

弁財天と同体とされる市杵嶋姫命は、女性守護・良縁祈願で有名な神様だ。ところがその一方では、男女のカップルでお参りすると、弁財天が嫉妬して二人を別れさせてしまうとも言われている。

どうして弁財天はそれほどまでに嫉妬深いのか。ここに書かれているように、心優しい神様のはずだ。そう思って、以前、水野に直接尋ねたことがあった。

弁財天は何故、嫉妬深いと言われているのか？

すると水野は、

「それは、全くの迷信ですね」

と切って捨てると、

「但し」と続けた。「我々は、弁財天——市杵嶋姫命が置かれていた立場や苦悩、抱いている大きな悲しみや辛酸を知る必要があります。それに思いを馳せることなく、自分勝手な願い事ばかり訴えられていては、彼女たちがいかに心優しい女神であったとしても、ついつい怒りを爆発させてしまうこともあったでしょう」

彼女たちの抱いている大きな悲しみや辛酸？

そんな話を初めて聞いた雅は、具体的な内容を尋ねてみたが、

「ご自分で調べてみてください。それだけでも、立派な研究になるでしょう」

水野は、いつものようにニッコリ笑って雅に背を向けた——。

今、雅もここで自分勝手なお願い事をしてしまったが、少なくとも弁財天（市杵嶋姫命）は、何らかの痛みや悲しみを抱えているということは承知。なので、

〝一所懸命に考えますから、よろしくお願いします〟

とつけ加えることを忘れなかった。

これで、出雲大神宮内に鎮座する全ての摂末社をまわったことになる。雅は社務所で白い襷を返却し、資料を何点か購入して、出雲大神宮を後にした。

ちょうど良いタイミングでやって来た京阪バスに飛び乗り、後ろに去って行く大きな鳥居を眺めながら雅は、

〝でも……〟

と唇を尖らせる。

出雲大神宮の重要な部分は、間違いなく全てまわっている。それなのに確認できたのは『書紀』崇神天皇六年に、天照大神と共に宮廷を追い遣られた大国魂神——大国主命が、一時期この地で過ごした（祀られた）ということだけだ。島根の「出雲」に

落ち着かれる以前に、ここに鎮座されていたため、昔は「出雲」といえばこの地を指していた。

しかしそれは「元出雲」という名称から容易に連想される話だから……何か重要なポイントを見落としてしまったのか。


亀岡駅でバスを降りると、雅は覚悟を決めて携帯を取り出し、水野研究室の番号を押した。気が重いけれど、御子神に尋ねてみよう。

そもそも、元出雲・出雲大神宮の存在を雅に教えてくれたのも彼だ。参拝を終えた報告がてら、話を聞けたら――。

予想通り電話の向こうから、

「水野研究室」

という冷然とした御子神の声が聞こえた。

「橘樹です」雅は小声で言う。「今、ちょっと、よろしいでしょうか」

「……少しならば」

「実は、出雲大神宮を参拝してきたところなんです」

雅は御子神に、今日は朝から出雲大神宮に行き、境外の黒太夫社から始まって、神体山「御影山」の磐座群もきちんと参拝してきたことを告げた。でも「出雲」に関する、特に目新しい発見もなく終わってしまった――。

「私、何か見落としてしまったんでしょうか？　京都に戻る前に、御子神先生に伺っておこうと思って」

「市内に戻ってから」御子神は静かに答える。「しっかり見学してくれれば良い」

「と言われても」

「元出雲を見たのだから、次は当然京都市内だ」

〝当然？〟

雅は眉根を寄せた。

沈黙してしまった雅に、御子神が苛々と言う。

「きみは出雲を追って京都まで行ったんじゃないのか？　それとも、ただの観光だったのか」

「い、いえ、もちろん」雅は声を上げる。「研究室のフィールド・ワークです。これから京都市内をまわります！」

「市内のどこを？」

え。

言葉に詰まる。

一泊二日の予定でホテルまで押さえてあるものの、実はまだこの後の予定を立てていない。出雲大神宮までやって来れば、何かきっと新しい発見があると思っていたからだ。それによって、次にどこをまわるか決めるつもりだった。

「あの……」雅は、小声で恐る恐る尋ねる。「私は次、どこを見に行ったら良いでしょう……？」

小学生のような質問になってしまった。

怒って電話を切られるかと覚悟したが、

「京都市内で『出雲』と言ったら一ヵ所しかない」

雅の予想に反して——かなり冷ややかな声ではあったが——応えてくれた。

「もちろん、愛宕《おたぎ》郡。出雲郷《いずもごう》だ」

「出雲郷」雅は驚いて目を丸くする。「京都市内に、そんな場所が！」

「愛宕郡という地名は、現在なくなってしまっているが『出雲』は残っている」

「それはどこに……い、いえ、すぐに自分で調べ——」

「賀茂川の西岸だ」御子神は面倒臭そうに言った。「出雲路《いずもじ》の近辺がそうだ」

「出雲路」

「同じ発音の、出雲寺《いずもじ》も残っている。別名『怨霊の寺』が」

「怨霊の寺！」

驚いてばかりの雅に、御子神は嗤った。

「出雲を研究テーマに掲げている人間が京都まで足を運んで、出雲路も出雲寺も頭に入っていないとは、呆れたな」

今までの会話を耳にしていれば、後ろで波木祥子も嗤っているだろう。

「今から」雅は顔が赤くなる。「きちんと調べて、出雲寺に向かいます。ありがとうございましたっ」

応えて電話を切ると、大急ぎで改札へ走った。

＊

京都市左京区。

淀川水系の北区を流れる賀茂川と、左京区を流れる高野川が、出町柳《でまちやなぎ》の近辺で合流する。

その三角州——鴨川デルタの北方に鎮座しているのが、京都最古の神社の一つといわれる、ここ山城国《やましろ》一の宮・賀茂御祖《かものみおや》神社。通称「下鴨さん」の「下鴨神社」だ。

主祭神は、神武東征の際に熊野の山中で天皇の軍を導いた賀茂建角身命《かもたけつぬみのみこと》。一般的には、八咫烏《やたがらす》——金鵄《きんし》八咫烏として親しまれている。そして、命の娘神である玉依姫命《たまよりひめ》の二柱。

主祭神の一柱・玉依姫命はその名の通り「玉＝霊《たま》」を憑依させる女性。つまり巫女であり、それに関する逸話が『山城国風土記』逸文及び、社伝として残されている。

遥か遠い昔——。

玉依姫命が賀茂川・瀬見《せみ》の小川で川遊びをしていると、上流から丹塗《にぬり》の矢が流れてきた。姫はそれを拾い上げて持ち帰り、自らの寝床近くに挿しかけておいたところ、御神霊の力を受けて身籠もり、御子を授かった。

やがて御子が大きくなり元服した時、祖父である賀茂建角身命は大層喜んで、大勢の神々を招き祝宴を開いた。命はその席で御子に酒杯を手渡し、

「汝の父と思う神に盃を捧げよ」

と命じた。すると御子は、

「わが父は天津神《あまつかみ》なり」

と答えると同時に、雷鳴と共に天井を突き破って天に駆け昇ってしまったという。

つまり玉依姫命は天神と契り、神の子を生んだということだ。

再び地上に降臨したその御子を祀っているのが、ここから賀茂川を三キロほど遡った場所に鎮座している、やはり山城国一の宮・賀茂別雷《かもわけいかずち》神社。通称「上賀茂神社」だ。京では北を「上」と呼ぶ。それが中世からの通称となって、現在の「上賀茂」「下鴨」と呼ばれるようになった。

つまりこの土地では、八咫烏である賀茂建角身命、その娘神である玉依姫命、さらにその御子神の賀茂別雷大神という、親子三代にわたる神々をお祀りしていることになる。烏伝《うでん》神道、あるいは鴨神道と称している脈々と続く生命誕生――御生《みあれ》の霊験《れいげん》あらたかな地だ。

また、この下鴨神社参道の両側には、鬱蒼とした森が広がっている。これが、平安京以前の原野を伝えるという「糺《ただす》の森」だ。古代山城北部の樹林を構成していた草木が生い茂る、約十二万平方メートルの原生林である。

その名称のいわれは、大鳥居をくぐってすぐ左に鎮座している摂社・河合《かわい》神社の祭神、多多須玉依姫命《たたすたまよりひめのみこと》の「偽りを正す」清い御心からきている。

「ゆく河の流れは絶えずして、しかももとの水にあらず。よどみに浮ぶうたかたは、かつ消えかつ結びて、久しくとゞまりたるためしなし」

という冒頭で有名な、随筆『方丈記』を記した鎌倉前期の歌人・鴨長明《かものちょうめい》——長明《ながあきら》も、下鴨神社の有力な神官の子だった。河合神社の禰宜《ねぎ》に補任《ぶにん》されるはずだったが、当時の神社内部の色々ないざこざがあり、実現しなかった。

現在、河合神社の境内左手奥には長明に関する資料館「御料屋《ごりようや》」が、そして右手には方丈《ほうじょう》——約三メートル四方の、いつでも移動できるように最初から組み立て式になっていた草庵が復元されている。


〝さて……〟

朝未《あさまだ》き、境内の爽やかな空気の中で大きく深呼吸すると、下鴨神社権禰宜《ごんねぎ》の亀井《かめい》克典《かつのり》は、東回廊から御手洗池に向かって歩いた。毎朝一番で、こうして御手洗川から池へと見回るのが日課になっている。

朱塗りの欄干が美しい輪橋《そりはし》が御手洗川に架かっている。この辺りは梅の名所で、江戸時代の画家・尾形光琳《おがたこうりん》の代表作の一つ「紅白梅図屏風」は、この周辺の景色を眺めて描かれたと言われているため、梅の季節ともなれば大勢の観光客が押し寄せる。

またこの時期になると、なぜか御手洗川の水量が増えて御手洗池に水の泡が湧く。

これは下鴨神社七不思議の一つとされ、この泡を模り、同時に人間の五体を表す形《かたど》の団子が「みたらし団子」として全国に広まった。

その御手洗池。

三月三日の流し雛も、五月初旬の斎王代の御禊《みそぎ》の儀でも、八月立秋前夜の夏越《なごし》神事でも、実に重要な役割を果たしている。

その池の水が湧き出る井戸の上には井上社——御手洗社がある。もとは賀茂川と高野川の合流地点近くにお祀りされていたが、応仁の乱後、この場所に遷座された。

祭神は、祓戸《はらえど》の大神たちの一柱である瀬織津《せおりつ》姫。川の瀬にいらっしゃって、人々の罪や穢れを祓い去っていただける、ありがたい女神だ。

実に神聖な空間ではないか——。

亀井がもう一度深呼吸しながら、その御手洗池に近づいた時、

〝おや？〟

池の水の上に、うっすらと影が見えた。

昨夜はもちろん何もなかったから、春の風に飛ばされて何か大きなゴミでも入ってしまったのか。足早に近づくと、それは黒っぽい上着のようだった。やはり、どこかから飛ばされてきたのだろう。早く取り除かなくてはと思い、足元に気を配りながら池の縁の石段を降りていくと、

「え……」

目を瞬かせてもう一度見る。

しかし、目の前の光景は同じだった。これは——。

人間ではないのか。

誰かが俯せのまま御手洗池に浮かんでいる？

〝そんな、バカな〟

亀井は震えながら、池の縁ギリギリまで近づいて覗き込む。

間違いない！

男性だ。しかも、ピクリとも動かないところを見ると——死んでいる……？

危うく自分も池に滑り落ちそうになってしまったほどガクガクと笑い始めた膝を何とか押さえて、

「たっ、大変だよ！」

境内を転げるように走り、亀井は一目散に社務所へと向かった。

連絡を受けた京都府警が急行し、すぐに遺体の身元が判明した。それは、この四月で四年生になる京都山王大学文学部の、牧野竜也という学生だった。

＊

出雲路と出雲寺は、インターネット上ですぐに見つかった。

出雲大神宮もそうだったけれど、こちらもまた、今まで知らなかったことが不思議なくらい有名な場所だったらしい。

しかも、手元にある『出雲大神宮史』には、

「山城国愛宕郡の神亀三年（七二六）の『出雲郷雲上里・雲下里計帳』によって、京都盆地の加茂川上流（出雲路橋周辺）の出雲人を中心とする集落のありようがうかがわれるが、この出雲郷と出雲大神宮との史脈も、古山陰道によってつながる」

と、はっきり書かれていた。

雅は唇を嚙む。

この資料にきちんと目を通してさえいれば、御子神にあんな言われ方をせずに済んだのに。また落ち込みそうになってしまったが、自分で自分を鼓舞しつつ、頭の中で

まとめる。

京都市北区を流れる賀茂川と、左京区を流れる高野川の合流地点に形成される三角州の北部に鎮座しているのが、賀茂御祖神社《かものみおやじんじゃ》——下鴨神社だ。

その下鴨神社の西、賀茂川西岸に通っているのが「出雲路」で、この近辺が御子神の言う「愛宕郡出雲郷」になるらしかった。遠い昔、大勢の出雲族の人々が居住していた地域で、彼らの氏寺としての「出雲寺」があった。

当時は、上出雲寺・下出雲寺と二宇存在していて、上出雲寺は現在の上御霊《かみごりよう》神社の近辺、下出雲寺はそこから少し南に下った相国寺《しようこくじ》の辺りだったのではないかといわれている。

〝上御霊神社……〟

御子神の口にした、出雲寺が「怨霊の寺」という言葉が蘇る。これも、もちろん偶然ではないだろう。双方とも何らかの「怨霊」や「御霊」に関係しているはずだ。

その出雲郷に出雲寺が建立されたのは、六世紀頃のことだったらしい。しかし、平安遷都の行われた延暦十三年（七九四）に天台宗開祖・伝教大師《でんぎよう》最澄《さいちよう》が、この地に草庵を営んだ時点で、すでに廃寺となっていたともいわれているから、おそらく推古天皇の時代より古くに建立された寺だったろう。往時は「延喜式七大官寺」の一つと数えられる壮大な寺だったようだ。だが、今は殆ど跡形もなく、現在の堂宇は文和二年（一三五三）に建立されたものだという……。

雅は京都駅で嵯峨野線を降りると、何度も階段を折れ曲がる迷路のような連絡通路を進み、地下鉄烏丸《からすま》線に乗り換えた。ここから鞍馬口駅まで約十分。地図で見る限り、駅から出雲寺までは直線距離で四百メートル程だから、徒歩五、六分で到着するはず。

雅は地下鉄の中で、今度は上御霊神社に関して調べた。すぐ近くまで行くのだから、寄ってみなくては。

その上御霊神社の主祭神は、

崇道《すどう》天皇（早良《さわら》親王）
井上大《いのえのおおいきさき》皇后（井上《いがみ》内親王）
他戸《おさべ》親王
藤原大夫人《たちばなのはやなり》（吉子《きつし》）
橘　逸勢

文屋宮田麻呂《ふんやのみやたまろ》
吉備真備《きびのまきび》
火雷神《ほのいかずち》

となっている。

いわゆる「八所御霊《はっしょごりょう》」だ。

早良親王は、第五十代天皇・桓武《かんむ》の弟でありながら、延暦四年（七八五）長岡京造営の際に起こった、藤原種継《たねつぐ》暗殺事件に関与したとして、長岡市の乙訓寺《おとくにでら》に幽閉された。親王は断食して無実を訴え続けたが、遂に憤死したとも、暗殺されたとも伝えられている。だがその後、親王の霊が原因と思われる数々の祟りが京を襲ったため、延暦十九年（八〇〇）に、崇道天皇と追号された。

親王を天皇として祀っている「崇道神社」が、左京区上高野《かみたかの》に存在しているが、最近は「肝試しの神社」とも呼ばれていて、わざわざ夜に訪れる若者たちがいるという、とんでもない状況になっているらしい。

井上内親王は、次にある他戸親王の実母だ。第四十九代天皇・光仁《こうにん》の同母姉である難波内親王《なにわ》を呪詛し殺害したという理由で、親王と共に幽閉され、その地で没した。

ところが、二人は同日に死去していることから、こちらも暗殺ではなかったのかという説が有力だ。その後に、藤原百川《ももかわ》によって、他戸親王に代わり山部《やまべ》親王が皇太子に立てられていることから、その信憑性が格段に増している。山部親王は後の——非常に怨霊を恐れたことで有名な——桓武天皇となった。

藤原大夫人吉子は、桓武天皇第三皇子・伊予《いよ》親王の母で、大同《だいどう》二年（八〇七）に起こった「伊予親王の変」——謀反に際して母子共々、奈良県・明日香村の川原《かわはら》寺に幽閉された。二人は身の潔白を主張したが、結局は自害してしまう。だがこれも、暗殺の可能性が高いとされている。

橘逸勢、文屋宮田麻呂の二人も、やはり謀反の疑いありということで、おそらくは冤罪のまま流罪となっている。

しかし、吉備真備は分からない。

元正《げんしょう》・聖武《しょうむ》・孝謙《こうけん》・淳仁《じゅんにん》・称徳《しょうとく》・光仁天皇と仕え、最終的には失脚してしまったものの、怨霊・御霊となる理由は発見できていない。だから神社でも「和魂《にぎみたま》」として祀っているのだという。

とても苦しい言い訳——後付けの理由のような気がする。

ちなみに、中京区の下御霊神社の主祭神は、

崇道天皇（早良親王）
伊予親王
藤原大夫人吉子
藤原広嗣《ひろつぐ》
橘逸勢
文屋宮田麻呂
吉備真備
火雷神（火雷天神）

の八柱だ。上御霊神社の井上内親王と他戸親王に代わって、伊予親王と藤原広嗣が入っている。

伊予親王は藤原大夫人吉子の子であるからそれは良いとして、問題は藤原広嗣だ。広嗣は奈良時代に、九州・大宰府《だざいふ》で、隼人《はやと》や安曇《あずみ》族を率いて大きな叛乱を起こし、戦い敗れて斬殺され、それに伴って一族の多くも流罪となってしまったという人物だ。

〝つまり……〟

早良親王・井上内親王・他戸親王・藤原吉子・伊予親王は、高い確率で暗殺。橘逸勢と文屋宮田麻呂は、冤罪による流罪。

当然、全員が怨霊となる。

ところが広嗣は、実際に叛乱を起こしている。

それを鎮圧されたからといって、どうして下御霊神社に祀られるまでの怨霊となったのだろう。叛乱に敗れて命を落としただけだ。

その際に、一族の多くが処分されたとはいうものの、この話では納得できない。

更に言えば。

〝火雷神〟

一説では、菅原道真ともいわれている。それこそ「雷」だ。

水野に言わせれば、道真は（平将門《たいらのまさかど》同様に）決して「怨霊」「御霊」ではないのだそうだが、それはまた別の話として——。

今は、この「火雷神」という名前。

凄く引っかかる。

間違いなく、道真以外でも耳にしている名前なのだけれど……思い出せない。これも後で調べなくては。

地下鉄は、鞍馬口駅に到着した。

この鞍馬口という名称は、大原口や伏見口などの「京の七口」といわれる街道の一つで、ここが鞍馬や貴船《きぶね》への入り口という意味ではない。あくまでも街道の名前からきているが、よく間違われるようで、車内放送でも「そうではありません」と、わざわざ念を押して説明していた。

雅は地下鉄を降りて地上に出る。

烏丸通りを進んで、細い路地に折れると、正面に大きな明神鳥居が立っている。上御霊神社だ。

しかしその手前、路地の右側に、こぢんまりとした白い鳥居が見えた。柱も笠木も円柱で額束もない、典型的な神明《しんめい》鳥居だったが、注連縄が張られている。そのまま見過ごしてしまいそうなほど小さな社だったけれど、これもご縁と思って立ち寄る。

鳥居の横に立つ小さな社号標には「猿田彦神社」と刻まれているが、左手の由緒書は擦れてしまっていて殆ど読めない。かろうじて、祭神は猿田彦大神と天鈿女命《あめのうずめ》、と書かれているのが判別できる程度だった。

雅は鳥居をくぐり、狭い境内に入る。小さな拝殿には立派な額が掛かり「猿田彦大神宮」と揮毫されていた。

大神宮とあるからには、きっと往時は今と比べものにならないほど立派な神社だったのだろうが、今は小さな一間社の社殿が建っているだけで社務所もない。しかし、その社殿の前には、地元の崇敬者が活けたのだろうと思われる綺麗な花が飾られているのが、とても印象的だった。

祭神が猿田彦神なので「どうか、よろしくお導きください」と雅は祈って、神社を後にした。

ほんの二分ほどで上御霊神社に到着すると、鳥居の脇にはただ「御霊神社」とだけ刻まれた社号標が立ち、参道の先には立派な四脚門《しきゃく》が見えた。

鳥居前の説明板には、当初この地には付近住民の氏寺として創建された「上出雲寺《かみいずもでら》」があったが——云々、と書かれていた。また、未だにこの辺りからは、上で用いられていたと考えられる古い瓦《かわら》などが出土するらしい。やはりこの神社は、上出雲寺跡地に建てられたということになる。

門をくぐり、大きく曲がった参道を進むと立派な舞殿があり、前面左右には、猿田彦神社同様に綺麗な生け花が飾られていて心が和む。

雅はそのまま重厚な唐破風の本殿の前に立って参拝を終えると、少し境内を散策し

た。すると境内隅には、

「応仁の乱発端《ほったん》の地・御靈神社《ごりょう》」と書かれた説明板が立てられ、その横には大きな自然石の石碑に、

「應仁の乱發端
　御靈合戦舊跡」

と彫られていた。

応仁の乱勃発の地とは、まさに「御霊神社」という名称にふさわしい神社なのかも知れない。

その後、福壽稲荷や嚴島神社など、境内の摂社をお参りして、上御霊神社を後にすると、いよいよ京都市内のフィールド・ワークのメイン、出雲寺へと向かった。

——のだが。

〝ここはどこ?〟

見事に道に迷ってしまった。

地図を何度見直しても判然としない。

資料によれば、現在はとてもこぢんまりとした寺になっているとあったから、一般の民家に紛れ込んでしまっている可能性もある。しかも、突如訪ねることになったた

め、下調べもしていないし、詳しい地図も用意していない。

不安になって、通りすがりの地元の主婦らしき人に「すみません。出雲寺はどの辺りでしょうか……？」と尋ねると、

「はい。ここが出雲路どす」

と返された。そこで、

「いえ。路の名前ではなくて『出雲寺』というお寺なんですけど……」

と問い返したのだが、その中年女性には、

「さあ……。聞いたことあらへんわあ」

あっさり言われてしまった。

どうやら、この辺りの人には、余り周知されていない寺院らしい。

雅は仕方なく、自分の勘を頼りに歩き始めたけれど、いくら進んでも、そのような寺は見えない。というより、自分が今どこにいるのかさえ分からなくなってしまった上に、人通りも全くないという最悪の状況！

地図上では、上御霊神社から三百メートルも離れていないはずなのに、さっきから十五分以上は歩いている。出雲寺の近くまで来ていることは間違いないが——完璧な迷子だ。コンビニでもあれば飛び込んで尋ねられるのだけれど、周囲は民家ばかりで

そんな物は見当たらない。

〝はあ……〟

諦めて太陽を見上げ、とにかく東方向へと歩き出した時、前方からやって来る女性の姿が目に入った。その服装と雰囲気からすると旅行者ではない。地元の人だ。スラリとしたシルエット。その女性は、まるで映画かドラマのワンシーンのように颯爽と歩いて来る。しかも、キリッとした大きな瞳の見とれてしまうほどの美人。

ポカンと眺める雅と、その女性の視線が交差した。しかし彼女はすぐに視線を外すと、雅の横を通り過ぎようとする。

「あっ、あの！」

雅は思わず声をかけていた。

女性は、ショートカットの髪を揺らして立ち止まる。

「何か？」

「すみませんっ」綺麗な瞳に見入られてドギマギしながら、雅は口を開いた。「ちょっと、お尋ねしたいんです」

「はい」

「この辺りに、出雲寺というお寺があるはずなんですけど……。ご存じないでしょうか？」

　ああ、と彼女は答えた。

「この通りからは行かれないわ。あそこの角を右に曲がって、不動前《ふどうまえ》町に出ないと」

「ご存知なんですね！」

「ええ。何度かお参りしたことがあるから」

　やった！　と心の中で快哉を叫び、

「ええと……あそこの角……ですね」

　広げた地図と彼女の指さした方向を見比べながら頼りなく呟く雅を見て、その女性は肩を竦めた。

「いいわ。途中まで案内してあげる」

「えっ」

「というより」女性は小首を傾げた。「私も、久しぶりにお参りしようかな。行きましょう」

「は、はい……」

　啞然とする雅を引きずるように、女性は早足で歩き始める。その後をあわてて追いながら雅はお礼を言ったが、それには全く応えずに、逆に訊き返す。

「あなた、どちらからいらっしゃったの？」

「と、東京からです」

「一人で出雲寺を訪ねて？」

「は、はい」雅は急ぎ足で答える。何しろその女性の足が速い。「大学の春休みを利用して」

「ああ、こっちよ」

女性は急に角を曲がりながら言う。

「そう。大学生なのね」

その後を追いながら、

「いえ」と雅は答えた。「今年卒業して、大学院に進むんです。その研究テーマで出雲を――」

「出雲？」

「はい。先日も出雲と奥出雲に行きました」

「どちらの大学院？」

「東京麴町の、日枝山王大学です」

すると女性が突然立ち止まったので、雅は思い切りぶつかってしまった。

「しつ、失礼しました」

しかし彼女は、その場に足を止めたまま振り返り、じっと雅を見つめた。

「もしかして民俗学の水野先生のいらっしゃる」

えっ、と驚いたのは雅だった。

「水野先生を、ご存知なんですか」ドクンと胸が弾む。「私、今年から水野研究室生になる、橘樹《たちばな》雅といいます！」

「そう」女性は雅を見つめて頷いた。「それは奇遇ね。私は、金澤《かなざわ》千鶴子《ちづこ》。もう何年も前だけど、水野研究室にほんの少しだけ在籍していたの」

「え……」

研究室の先輩？

思いもよらない言葉に呆然とする雅に、千鶴子は言う。

「水野先生に憧れて、研究室に入れていただいた。二十年近く昔のことだけれど」

ということは――。

千鶴子は今、四十歳くらいなのか。とてもそうは見えない。二十代と言っても通用するくらいの、若々しい美人だ。

「水野先生は、お元気？」

尋ねる千鶴子に雅は、とてもお元気でインドやネパールをまわるといって長期休暇を取っておられて云々——という話を伝えた。

それを聞いて、

「水野先生らしいわね」千鶴子は微笑むと、雅を見た。「これも不思議なご縁だわ。行きましょう」

「はいっ」

歩みがゆっくりになったので、雅はホッとしながら問いかけた。

「金澤さんは、以前に水野先生のもとで研究されていたんですね」

「あと、小余綾《こゆるぎ》先生もね」千鶴子は微笑む。「小余綾先生は、ご存知？」

「いえ、残念ながら」雅は首を横に振る。「面識がないんです。私が入学した時点で、もう大学にいらっしゃらなくて」

雅も、小余綾俊輔《しゅんすけ》准教授の名前は、何度も耳にしている。

水野は学界の異端児として有名だが、小余綾も日枝山王大学の異端児として名を馳せていた。そのために、大学を辞めなくてはならなくなってしまったらしいという噂も聞いている。

でも——。

初対面の人間から小余綾俊輔の名前を聞くのは、大津で会った男性に続いて、これで二回目だ。

一方、千鶴子は民家の間の、軽の車両が一台やっと通れるほどの細い一方通行の路地を曲がり、どんどん奥へと入っていく。

この先は行き止まりなのではないか。道を間違っていないのか？　と雅が心配になった時、

「ここよ」千鶴子は振り返った。「到着したわ」

その言葉に雅は何度も瞬きをする。

出雲寺に到着したらしい――。

見れば、ごく普通の旧家の瓦葺きの門、表札が掛かっている場所に、

「浄土宗　出雲寺」

とあったが、民家と全く区別がつかない。

それどころか、山門の横に塀もなかった。

つまり、瓦屋根を載せた山門だけがポツンと建っていて、庇の下の一番端に、

「厄除阿彌陀如來」

と刻まれている（と思われる）石の寺号標が立っているだけだ。

これでは、一人じゃ絶対にたどり着けるわけがない！

「入りましょう」

千鶴子は促し、雅は啞然としながら山門をくぐった（塀がないので横からでも入れたが、きちんと山門をくぐった）。

境内に入っても、やはりごく普通の民家の庭にしか感じられない。他人の家の庭に勝手に入っても良いのかという気持ちさえ起こってしまうほどだ。

しかし、少し進むとお堂があり、

「出雲路観音」

と大書された額が掛かっていたが、前面の扉は固く閉ざされていた。その前庭には、稲荷や石の地蔵を祀っている小さな祠が安置されている。

それらを眺めていた雅を見て、

「驚いた？」千鶴子が笑った。「ここが、当時の大和朝廷が畏怖――心の底から恐怖していた『怨霊の寺』よ」

「ここが……」

啞然とする雅に千鶴子は、境内隅に安置されている赤い涎掛けの地蔵を眺めながら答える。

「当時の朝廷が、この寺を『怨霊の寺』と考えていたことは、右大臣・藤原実資《さねすけ》の著した日記『小右記《しょうゆうき》』にも見られるわ。この著作はご存知ね」

はい、と雅は首肯する。

「藤原道長《みちなが》が全盛を極めた頃の世相などが書かれている日記ですよね。道長の、

この世をば我が世とぞ思ふ望月の
　かけたることもなしと思へば

という有名な歌も載っています」

そう、と千鶴子は微笑むと、一息に語った。

「そこに、こうある。長和《ちょうわ》四年（一〇一五）三月、京に発生した疫病は秋口になっても、一向に衰えを見せなかった。これを怨霊のなせる祟りと考えた朝廷は、八月十八日に出雲郷の出雲寺跡で、御霊会《ごりょうえ》を催したけれど、その鎮魂祭は童児らの騒ぎに、妨げられる始末となった、とね。でも『小右記』の記述はこれを『童部群闘乱』——童

部群れて闘乱、と記しているのみで、詳細には、一切触れていないの」

この人は歴史に関しても、かなり詳しい。

雅は心の中で驚いたが、千鶴子は何事もないように続けた。

「でも、この『童部群れて』というのは、ただ単に子供たちが群がって騒いだという意味ではない。あなたも知っていると思うけど、この時代で『童——わらべ』と呼ばれていたのは、大の大人になっても髪を結ぶことを許されなかった人々のことで、決して子供たちだけを指している言葉ではない。『酒呑童子《しゅてん》』や『茨木童子《いばらき》』のようにね。彼らが、朝廷の御霊会に対して不満を爆発させたということが書かれている」

「はい……」

コクリと頷く雅に向かって、

「ここから分かることが、二つある」千鶴子は、指を二本立てた。「一つ。当時の朝廷は、この出雲寺が御霊会を開くに適した場所、つまり怨霊を慰めるべき場所と考えたこと。そして二つめは、その朝廷の考え、つまり一方的に決めた御霊会に対して、この出雲郷に居住していた、大勢の出雲臣《いずものおみ》たちが反抗したということ」

「一方的に押しつけすぎる、という彼らの意思表明ですね」

「その通り」千鶴子は首肯する。「だから、出雲寺での御霊会から三ヵ月後の十一月十七日に大事件が発生した」

「それは？」

「御所が火災で焼失したのよ」

「御所が！」

「しかもこの御所は、前年の二月九日に焼亡し、出雲寺御霊会から間もない九月二十日に新造されたばかりだった」

「ひょっとして」雅は眉をひそめる。「放火ですか？　御所の火事は、人為的なものだった」

「おそらく高い確率でね」千鶴子は雅を見る。「出雲臣たちによる放火」

「なるほど……」

雅は納得したが、それにしても当時は、それほど多くの人々が居住していたのか。遥か遠く、出雲国からやって来て——。

そうなると、一つ疑問が浮かぶ。

「でも、その頃は賀茂川もしょっちゅう氾濫していたわけですよね。どうして彼らは、そんな危ない場所に出雲郷を形成していたんですか？　もっと安全な土地なんて、いくらでもあったはずなのに」

「あなた」と千鶴子は雅を正面から見た。「まさか、彼らが好きこのんで勝手にやって来たと思っていないでしょうね。この地に自分たちの郷や国を造るために、とか」

「……違うんですか？」

「ちょっと待って」

千鶴子はバッグの中を探ると、分厚い手帳を取り出した。

「ああ、良かった。持っていたわ。先日図書館で目にしたから、メモしておいたの」と言って、パラパラとめくる。「元明天皇の和銅元年（七〇八）から、聖武天皇の神《じん》亀《き》三年（七二六）までの十八年間に、出雲郷から逃亡した人数は、分かっているだけで三十四人。でも、その中には二歳や六歳の子供も含まれている」

「えっ」雅は目を丸くする。「逃亡？」

「当時の山城国愛宕郡出雲郷には」千鶴子は手帳を閉じた。「およそ二百五十人もの出雲臣がいたといわれているから、そのうちの一割以上が逃亡している。ちなみに、殺害されてしまった人数は不明」

「どういうことですか……というより」雅は真剣な顔で詰め寄った。「この出雲郷って、どんな場所だったんですか？」

単純な話、と千鶴子は答える。

「いわゆる、強制収容所」

「えっ」

「だからこそ、みんなは必死に逃亡を試みた。この地に住んでいた出雲臣は、国譲りの際に事代主《ことしろぬし》が入水して、建御名方《たけみなかた》が諏訪に幽閉され、大国主命が『長《とこしえ》に隠れ』た後に残された人々。つまり、大きな戦いに敗れた国の民たち。太平洋戦争終結後の、シベリア抑留と同じ構図」

そういうことか。

だからこそ、賀茂川西岸という危険な場所に住まわされていたんだ。

命懸けの護岸工事などの重労働に、頻繁に駆り出されていた……。

「当時のこの地方の『計帳』によれば」と千鶴子は続けた。「逃亡した人たちの名前も分かってる。名前の上に『奴』『婢』とある者以外は、そこそこ身分のある国造《くにのみやつこ》級の出雲臣、あるいはその家人たちだったでしょうね。そんな人々でさえ、出雲郷に抑留されてしまっていたの。ところが、逃亡した出雲臣の名前には、かなりの人数で『売《め》』がついている。一説によれば、三分の二以上」

「『売』ということは、女性ですか？」

そう、と千鶴子は首肯した。

「大抵こういう場合、命の危険にさらされる重労働は男性が受け持っているはずよね。なのに、女性の逃亡者の割合が多かったの。でも、その理由は実に簡単。女性たちは男性よりもなお、耐え難い境遇に置かれていたから。出雲郷で暮らすよりは、命の危険覚悟で脱走を試みた方が良いと決断させるような」

「ということは――」

雅は、ぶるっと震えた。

彼女たちは体を、性を奪われ続けていたのだ。

それは、監視者たちの性的欲望のためだけではなかったろう。自分たちの血を引く、子供を生ませるためだ。朝廷の人間たちが、自分たちの勝利した土地で幾度も行ってきた「政策」……。

絶句する雅の前で、

「ちなみに」千鶴子は、バサリと手帳を開いた。「和銅四年（七一一）には、出雲臣《いずものおみの》族孫売《うからまごめ》という女性が逃亡した。でも、彼女の年齢は六歳。まさかそんな幼い女の子一人で、この収容所から逃げ果《おお》せるはずもない。誰かの手を借りているはず。というより、彼女の将来を見るに見かねた人々が、間違いなく手を貸しているはず。この娘が、いずれどういう運命をたどることになるのかを良く知っていた人がね。いえ、すでにその徴候が感じられていたのかも知れない」

「そんな……」

「でも」と千鶴子は静かに続ける。「彼女を手助けした出雲臣の名前は、残っていない。ということは、その人間は――」

「殺されてしまったから……」

「そういうことでしょうね」

千鶴子は手帳を閉じると、静かに言った。

「やがてその土地に、こうやって出雲寺が建立された」

雅は思わず周囲を見回した。

この場所が、彼らの怨念を一手に引き受け、そして鎮めるための寺。まさに「怨霊の寺」ではないか。

御子神の口にした言葉が更なる現実味を持って、雅の頭の中に蘇る。

雅は、改めて「出雲路観音」と額が掛けられたお堂に向かって手を合わせ、深々と一礼した。

二人は揃って山門をくぐり、寺の外に出る。

「ありがとうございました」

雅は千鶴子に向かってペコリと頭を下げ、心からお礼を述べた。

「おかげで、とても有意義なフィールド・ワークになりました。早速、研究の参考にさせていただきます」

「それであなた」千鶴子はゆっくりと歩き出す。「この後は、どこへ行く予定？」

はい、と雅も並んで歩きながら答えた。

「特に決めていないんですけど……まず、どこかで資料を一旦整理してから……」

「今日は、どこに行って来たの？」

「亀岡の出雲大神宮へ」

「素晴らしいわね。あの大神宮は、和銅二年（七〇九）に社殿が建てられたといわれている。でもそれは、あくまでも『社殿』の建造された年代で、創建の年代ではないのよね。何しろ『元出雲』と呼称しているくらいだから、当然、島根の出雲大社よりも時代を遡る。となると『元伊勢』を名乗る神宮も、もともとは同じ丹波国にあったこととも関係してくるかも知れない」

「えっ。『元伊勢』は丹後国では？」

「丹波国は、やがて丹波・丹後と分割されたの。その結果、和銅六年（七一三）に丹後国に編入された」

「そう……なんですね」

雅は、先ほどから考えていたことを、思い切って口に出してみた。

「あの！　もしも少しお時間があれば、いえ、本当に少しで良いんですけど、お話を聞かせていただけませんか？　どこか近くの喫茶店ででも」

「私の話を？」

「はい。突然こんなにおつき合いいただいて、その上、勝手なお願いなんですけど、お礼もさせていただきたいですし！」

雅は頭を下げた。

そんな雅を見て、千鶴子は優しく微笑む。

「橘樹さん」

「はいっ」

「あなた、下鴨神社は行った？　この近くだけど」

「下鴨ですか……」雅は首を横に振る。「今回は行ってませんけど、出雲に関する何があるんでしょうか？」

「面白い摂社があるの。『延喜式』にも名前が登場する」

「それは？」

「出雲井於神社《いずもいのへ》」

「出雲いのへ……」

全く聞いたことがなかった。

下鴨神社自体は、何年か前に友人たちと参拝しているけれど、その摂社にはお参りしていなかった。

「今から行ってみます！」

意気込む雅を見て、

「じゃあ」と千鶴子は言った。「ご一緒しましょう」

「えっ」

「出雲井於神社へ」

「よ、よろしいんですか」雅は目を丸くする。「だって、金澤さんのご予定は――」

「私？　私は今日、仕事が休みだったから、博物館にでも行こうと思っていただけ。『源氏物語』に関する特別展をやっているっていうから」

今年は、古記録に『源氏物語』という名前が登場して、ちょうど千年にあたる年なのだという。そこで、京都市内ではさまざまな特別展が開催されているらしかった。

千鶴子は今日、文化博物館を始めとして何ヵ所か観て回ろうと考えていた途中で、雅と会ったのだと説明した。

「予定を変更するわ」千鶴子は、あっさりと言う。「出雲の方が面白そうだし。今日

は、あなたにおつき合いすることに決めた」

「そんな」すでに歩き出した千鶴子の後を追いながら、雅は言った。「私はもちろ

ん、とっても嬉しいですけど、さっきお目にかかったばかりなのに、そんなに甘えて

しまって……」

「水野研究室生と聞いた以上、このまま帰したら水野先生に叱られる。絶対に、きち

んと案内してやれって言われるわ。但し——」

千鶴子は歩きながら雅を振り返ると、美しく笑った。

「研究テーマに関することは、自分で考えさせろって」

確かに水野だったら、そう言うだろう。

思わず笑い返してしまった雅に、

「ということで」千鶴子は頷いた。「ご一緒しましょう。久しぶりに、研究室のお話

も聞きたいし。ああ、そうだわ。折角だから出雲路橋《いずもじ》を渡って行きましょう」

「出雲路橋！」

京都市内だというのに、この辺りは「出雲」だらけ！

「もちろん、出雲国にも」千鶴子は言った。「出雲郷が存在した。おそらく、簸川郡《ひかわ》斐川町《ひかわ》辺りだったのではないかと言われてる。出雲大社と宍道湖《しんじ》の間くらい」

雅も先日行った。

現在の斐川町。万九千《まんくせん》神社の近辺だ。

「この他にも、八束郡《やつかぐん》東出雲町の地名がある。ところがここでは、しかも、出雲郷と書いて『アタガヤ』『アダカヤ』と読ませてきた。だから岡谷公二《おかやこうじ》は、その地にある阿太加夜《あたかや》神社に関して、こう言ってる。

『出雲郷の出雲は、「いずも」とは読まず、現在、「あだかい」と読む。風土記にはこの地名は出ておらず、中古、神社名が移ってそう読まれるようになったのか、逆に「あだかい」「あだかや」は元来地名で、それが神社名となったのか、今のところ不明である』

とね」

そこは、黄泉比良坂《よもつひらさか》の辺りではないか！

遠い昔。まだ、わが国が定まっていなかった頃——。

火の神・迦具土《かぐつち》を生んだ際に火傷を負って亡くなってしまった伊弉冉《いざなみ》尊に会おうと

した伊弉諾尊《いざなぎ》は、黄泉国へと旅立つ。しかしそこで見たのは、腐り果てて全身に蛆が湧き、無数の恐ろしい雷《いかずち》を身にまとった伊弉冉尊の姿だった。それを目にした伊弉諾尊は、あわてて逃げ帰った。その時の、この世とあの世との境。

それが、黄泉比良坂だ。

そして雅はつい先日、そこで起こった殺人事件に巻き込まれてしまった……。

でも、

「その『アタガヤ』って、どういう意味なんでしょう……」

「当然『アタの家』。あるいは『アタの住む谷』を表しているんでしょうね」

千鶴子はあっさりと断定する。

「だから、沢史生《さわしせい》は、

『アタと見なされた人々が、どこからか移送されてきて、お上の指定する土地に住まわされたのでなければ、こうした乱暴な読み方が罷り通るはずがない』

と言っているわ。この『アタ』に関しては、水野先生から聞いているわね」

はい、と雅は頷く。

「海神《わだつみ》・綿津見《わたつみ》からきている言葉で、折口信夫は『仇《あだ》』――つまり、朝廷に背く者・朝廷に害を為す者、という意味に取っていると」

そう、と千鶴子は言う。

「事実『新撰姓氏録《しんせんしょうじろく》』の摂津国神別《しんべつ》では『大和多罪神《おおわたつみ》』と表記されている」

「罪多い神！」

「それだけじゃない。『摂津国風土記』逸文では『偽者』と書いて『アタ』と読ませている。しかも、この場合の『偽者』は『人ではない者』という意味。でも見た目は人間のような風貌だから、きっとそれは妖怪・土蜘蛛《つちぐも》の類いだろうということ。あるいは『徒《あだ》』ね。ここ京都にも、化野《あだしの》という場所があるけれど、あの地は昔『徒野』『仇野』とも書かれた葬送の場だった。だからこの場合の『アダ』は『虚』――空しいという意味になった。『徒死《あだじ》に』のように、無駄なという意味でね」

「そんな……。酷すぎます！」

「でも、これが歴史の現実」

「その当時、京都や島根の出雲郷に住まわされていた出雲臣も、朝廷の人々からそんな目で見られていたということですか」

そういうことね、と千鶴子は首肯する。

「彼らがこの地で一体どういう待遇を受けていたか、容易に想像できるでしょう」

「…………」

口を閉ざして顔を曇らせる雅を連れて、千鶴子は青々とそびえる比叡山《ひえいざん》を正面に見ながら歩いて行く。やがて賀茂川沿いの街道にぶつかると、左に折れた。少し先には、賀茂川に架かる橋が見える。あの橋が「出雲路橋」らしい。

雅の予想通り、

「ここは出雲寺橋西詰」橋のたもとで信号待ちをしながら、千鶴子は言った。「つまり、この橋が出雲路橋」

橋の欄干の親柱の上には、少し平べったい青銅の擬宝珠《ぎぼし》が飾られ、その下にきちんと「出雲路橋」という銘が刻まれていた。

その文字を見て軽く感動している雅に、

「この橋も」千鶴子は言う。「今でこそ、こうしてきちんとした橋になってるけれど、江戸時代までは細く危なっかしい橋だったようね」

目の前にある、片側一車線ずつの丈夫そうな橋は、昭和の後半になってから造られたのだという。

「この辺りの鞍馬口は、出雲路口とも呼ばれていた。さまざま言われている『京の七口』の一つ。そして別名を『艮《うしとら》口』」

「艮──丑寅といったら、そのまま鬼や怨霊！」

「比叡山延暦寺《えんりやくじ》の千日回峰行者《せんにちかいほうぎょうじゃ》が京都大廻りの際に、必ずこの辺りで上賀茂神社を遥《よう》拝《はい》してから下鴨神社に向かうのも、何かそれに関しての謂われが残っているからかも知れないわね」

「確かに……」

「ああ、そういえば」千鶴子は思い出したようにつけ加えた。「出雲の阿国《おくに》の名前は知っているでしょう」

はい、と雅は答える。

「『ややこ踊り』――いわゆる『かぶき踊り』を作って踊り、世間に広めた女性で、それが現在の歌舞伎に繋がっている。正確に言うとちょっと違うと個人的に思ってますけど、一般的には、歌舞伎の創始者といわれています」

「その阿国の生誕地こそ、この辺りだったという説もあるの」

「えっ。島根県の出雲ではなく?」

「彼女のお墓は、そちらにある。出雲大社の近くにね。でも、彼女が島根県から遥々、京にやって来て踊ったと考えるより、この地から四条辺りに上って『ややこ踊り』を披露したと考える方が、理に適っているわよね」

千鶴子は笑ったが……その通りだ。

雅は、千鶴子と一緒に全長約八十メートルといわれる出雲路橋を渡る。見下ろせば、この辺りでは賀茂川も広くゆったりと流れ、川沿いの道ではジョギングや散歩を楽しんでいる大勢の人々の姿が見えた。

橋を渡り終えると、ほぼ一直線に千鶴子は進む。

遥か向こうに緑の森が見えた。あれが、出雲井於神社を摂社に持つ、賀茂御祖神社――下鴨神社の杜。

雅は大きく深呼吸した。

《むら雲の雪囲い》

「何かとても、嫌な感触があります」

朝一番で連絡を受けて下鴨神社の現場に急行しながら、京都府警捜査第一課・加藤《かとう》裕香《ゆか》巡査は、助手席のシートに背中を預けている瀬口《せぐち》義孝《よしたか》警部補をチラリと横目で見て言う。

「いつもの霊感――」

と口にしてから急いで言い直す。

「いえ……直感なんですけど……ちょっと変です」

「そうかね」

気のない返事をすると、瀬口はわざと窓の外の景色に視線を移した――。

世話になった直属の上司・村田《むらた》雄吉《ゆうきち》警部から、彼女を一人前にしてやってくれと頼まれ――可能な限り拒んだが、結局断り切れず――娘と言って良いほどの年齢差のある女性巡査とコンビを組んで、二年目。

同僚からは「いやあ、実に羨ましい」などと冷やかされ続けているが「教育係」当事者の瀬口にしてみれば、裕香の年齢や外見などはどうでも良い話だったし、しばしば聞かされる彼女の口癖がたまらない。

裕香は、自分には他人と違った直感（霊感）が備わっていると思い込んでいるようで、去年の貴船《きぶね》の事件の時も、続けて起こった伏見稲荷《ふしみいなり》の事件の時も、今のような言葉を口にした。一緒にいる自分まで同類と思われるから止めろ、と何度もたしなめたのだが、本人はいたって真剣で始末が悪い。

瀬口は、生憎そんな「霊感」を全く持ち合わせていない。ただ、事実と証拠が捜査の全てであり、同時にそれだけが、真実に到達する手段だと確信している。

もちろん捜査過程で、ある種の「直感」が働くことは、ままある。

しかしそれは、あくまでも長年の経験に裏打ちされた、根拠のある「直感」だ。賭けても良いが、裕香の言う「直感（霊感）」とは全く別物だ――。

下鴨神社に到着すると駐車場に車を停めて、二人は一直線に境内を横切り、現場の御手洗池へと向かった。

実は去年も、ここで事件が起こった。

正確に言えば下鴨神社本宮内ではなく、糺の森――南口鳥居近くの叢林だった。しかも、目撃者の話によれば「犯人は赤い顔をした鬼」だったという。

その事件は無事に解決したのだが、そんな証言を聞かされて頭が痛くなったことを思い出した瀬口は、嫌な記憶を振り切るように、早朝の爽やかな緑の匂いの中を足早に進む。右手には朱塗りの立派な楼門がそびえ、左手には本殿への入り口となる中門《ちゅうもん》が見えたが、それらを素通りする。

朱塗りの鳥居の向こうに、やはり朱塗りの欄干が架かった「輪橋《そりはし》」が見えたが「神様」しか渡れない橋ということで、瀬口たちはそれを迂回して御手洗池を目指す。すでにその辺りから立ち入り禁止テープが張られていたが、それを越えて進むと、

「お早うございます」

顔見知りの鑑識と若い刑事が、挨拶してきた。瀬口は軽く手を挙げて答えると、早速現場の状況を確認する。

池の近くに横たえられている遺体は、地元の京都山王大学学生で、この四月で四年生になる牧野竜也・二十二歳。第一発見者は、この神社の権禰宜の亀井克典・三十歳だという。

「頸部に扼痕《やくこん》が残っていました」鑑識は言った。「それと、軽い頭部《とうぶ》挫傷《ざしょう》も。絶命

後、この池に放り込まれたものと思われます。放り込まれるといっても、ご覧のように深い池ではありませんから、石段下に突き落とされたという方が正しいかも知れませんが」

瀬口と裕香は、御手洗池に視線を移す。

池とはいうものの、水深はそれほどない。見たところ、数十センチだろうか。縁には、水際まで降りることのできる十段ほどの幅の広い石段が、両岸にある。ここは葵祭の際に、斎王代《さいおうだい》が禊ぎをするための場所にもなるらしい。

「朝一番で、その神職が発見したと聞いたが」瀬口は尋ねる。「具体的な死亡時刻は確定できそうかね」

「今のところ、本日未明としか」

「ということは、開門前に遺体を運び込んだということか？」

「いえ」と鑑識は首を横に振った。「まだこれから詳しく調べますが、おそらく池の縁の石段で争ったのではないかと思われるような痕跡がありました」

「今朝の日の出時刻は？」

はい、と刑事が答える。

「午前五時三十五分頃です」

「ちょうどその頃に、本宮内を見回っていて発見したというわけだな」

「はい」

「その時間に、ここに入ることは——」

と言って瀬口は周囲を見回した。この空間は、完全に閉鎖されているわけではない。瑞垣にしっかり囲まれている本殿内へは不可能だろうが、この近辺までは特に問題ない。

「——可能だな」

「そのようです」

でも、と裕香が顔をしかめた。

「神社境内、しかも本宮内で殺害なんて酷い」

「しかし」鑑識は裕香を見た。「その可能性は高いですね」

「去年の、貴船神社や伏見稲荷大社の時のように」

「ええ」

「神をも恐れぬ所業ね。特にこの近辺は、下鴨神社でもさまざまな神事を執り行う神聖な場所だし。どうして最近は、こんな神罰が下るような事件ばかり起こるんでしょう。こんなことをしていると今に——」

「それで」瀬口は裕香の言葉を遮る。「被害者の身元がすぐに割れたのは、何か学生証のような物を持っていたのかね？」

いいえ、と鑑識が答えた。

「所持品は、犯人が殆ど持ち去ってしまったようなんですが、こちらの刑事さんがたまたま被害者の顔を覚えていまして」

「被害者の顔を？」

「はっ」と刑事は答えると、瀬口たちに説明する。

数日前。

やはり、今年京都山王大学四年生になるはずだった、森谷将太という二十一歳の学生が、西京区の松尾駅のホームから転落し、入って来た嵐山線の電車に撥ねられて即死するという事件があった。今のところ犯罪性も見当たらないので、事故の可能性が高いと考えられている。

それに関連して、念のために将太の在籍していた大学へ聴き取りに行き、入室予定だった民俗学研究室でも聴取した。

するとそこに、今回の被害者もいた——。

「あの時」と刑事は言った。「今回の被害者の態度が少しおかしかったので、良く覚えておりました」

「おかしかった？」

「かなり緊張していたんです。こういった聴取は初めてだったでしょうから当然と思い、余り厳しく追及してもどうかと考えてしまいました。しかし、こんな事態になるのであれば、もう少し深く聞いておくべきでした。反省しておりますっ」

その言葉に瀬口は頷きながらも、

「だが……」と瀬口は眉根を寄せた。「大学の同級生で、同じ民俗学研究室を選択した学生が、立て続けに命を落としたのか――」

「これは、怪しすぎますね！」裕香が叫ぶ。「しかも、一人は事故死で一人は殺害って、どうみても――」

「被害者の家族と」瀬口が遮る。「連絡は？」

はっ、と刑事が答える。

「すぐに連絡を取ったところ、被害者は昨日の夕方から家に戻ってきていないということで、家族の方がこちらに向かっているものと思われます」

「京都山王大学に、連絡を入れてくれ。その研究室の人間から話を聞こう。あと、第一発見者からも話を聞きたい」

「神職は、あちらの社務所で待機を」刑事は言う。「ただ、大学は現在春休み中なので、少し時間がかかるかも知れません」

「できる限り急いでください！」裕香が口を挟んだ。「もしも無理なら、現在大学にいる人たちだけでも。それがダメなら――」

「とにかく早いに越したことはない」瀬口が裕香を制した。「後は、周囲の聴き取りだな。だが、この辺りはこんなに鬱蒼とした杜《もり》だし、殺害時刻も日の出前だったろうから、かなり厳しいと思うが頑張ってくれ」

「はいっ」

と刑事は敬礼し、鑑識と共に足早に現場に戻って行った。

＊

「下鴨神社に関しては、詳しい？」

歩きながら尋ねてくる千鶴子に、

「一般的に言われている程度なら……」雅は、少し頼りなさそうに答えた。「でも、上賀茂・下鴨といえば、何といっても葵祭が有名ですよね。昔の京都で『まつり』といえば、葵祭のことを指して言うほどだったと聞きましたし、『源氏物語』にも登場して、とても重要な役割を果たしています」

雅は、学生時代に読んだ本を思い出す。「葵」の巻の「車の所争《ところあらそ》い」の場面だ。

葵祭――賀茂祭当日、祭りを見物にやって来た光源氏の元愛人の六条御息所《ろくじょうのみやすんどころ》と、正妻である葵の上の牛車が鉢合わせをしてしまい、御息所の牛車は警護の者たちから乱暴狼藉を受けて壊されてしまう。その辱めに対して、六条御息所は、

かげをのみみたらし川のつれなきに
　身の憂きほどぞいとど知らるる

と詠んで口惜しさに涙した。

やがて彼女は、怨念のために生霊となり、自ら知らず葵の上を取り殺してしまうという悲劇に発展してゆく……。

また下鴨神社自体も、物語の中に登場する。こちらは「須磨《すま》」の巻で、光源氏が京

を離れ須磨へと下って行く際に、下鴨神社を見渡せる場所で、

　憂き世をば今ぞ別るるとどまらむ
　　名をばただすの神にまかせて

と詠んだ。もちろんこの「ただすの神」は下鴨神社の糺の森の神ということだ。当時はこの神社が、それほど人々にとって身近で重要な位置を占めていたということなのだろう。

　そんな話をすると、

「そうね」千鶴子は頷いた。「何といっても葵祭は、石清水《いわしみず》祭・春日《かすが》祭と並ぶ『日本三大勅祭』——つまり、天皇の勅命によって執り行われる祭りの一つに数えられているから。それほどまでに天皇家は、上賀茂・下鴨をとても大切にしてきた」

「……その理由は何なんでしょう？」

　尋ねる雅を見て、

「単純な話」と千鶴子は笑う。「恐かったからよ。彼ら怨霊を、本心から恐れていた」

「え？」

「『賀茂の厳神、松尾の猛霊』という言葉がある。松尾はもちろん、嵐山に鎮座している松尾大社で、主祭神は大山咋神《おおやまくい》と市杵嶋姫命《いちきしまひめ》。大怨霊ね」

「はい……」

その二柱の神の名前は、当然知っている。

大山咋神は、大物主神の別名だという説もあるし、市杵嶋姫は宗像《むなかた》三女神の一柱で、平清盛《たいらのきよもり》が深く信奉したことで知られる安芸《あき》の嚴島《いつくしま》神社に祀られている。

雅はこの神々に関して細かい点までは知らないが、この二柱の神が間違いなく「怨霊神」であるという説は、水野に習った。

「つまり、上賀茂・下鴨神社は」千鶴子は言う。「大怨霊神を祀っている松尾大社と並んで、恐れられていたというわけ」

そういうことなのか……。


千鶴子と雅は、下鴨中通りを越えて真っ直ぐ進む。

このまま本通りを渡って、表参道からではなく、神社の西駐車場から境内へ入るのだろう。かなりのショートカットだが、今回の目的は、糺の森や、河合神社ではない。あくまでも、その出雲井於神社なのだから。時間を見て帰りに寄ればいい、と雅は思った。

それで、と千鶴子は言った。

「この神社の由緒は、知っている？」

「ええと」まさか今回、訪ねることになるとは考えていなかった雅は、困った顔で正直に答えた。「間違いなく水野教授から習っているはずなんですけど……余り……」

「じゃあ、確認しておきましょう」

雅の様子を見て、千鶴子は嫌な顔一つせず口を開く。

「『古事記』と『山城国風土記』逸文、そして両方の賀茂社の由緒書などを、簡単にまとめるわね」

「ありがとうございます！」

と言ってメモを取りだした雅を見て、千鶴子は笑った。

「大丈夫よ。社務所に行って由緒書をもらえば」

「でも、念のために」

真剣な顔で応える雅に、

「じゃあ、まず名前から」と千鶴子は軽く微笑むと口を開いた。「『カモ』という表記に関しては『賀茂』や『鴨』を始めとして、実にさまざまにある。これは漢字表記より音を重要視した結果だといわれてる。その『カモ』の語源に関しては『神《かみ》』が一番有力視されているようね」

千鶴子は前を向いたまま続けた。

「日本国の創世期。東征の途中で、神武天皇の兄の五瀬命《いつせ》までもが命を落とす苦戦の連続の中、山中で迷って進むも退くも不可能な状況の時に、それを救い道案内をしてくれたのが八咫烏《やたがらす》——賀茂建角身命《かもたけつぬみ》だったというから、神武天皇たちは彼らを救世主と思ったでしょう。その後、神武に仕えるようになった彼は、丹波国《たんば》から伊可古夜比売命《いかこやひめ》を妻として迎え、玉依日子《たまよりひこ》、玉依姫の二人の御子をもうけた。そして『山城国風土記』逸文によれば、ある日のこと——」

千鶴子は暗唱する。

「『玉依日売、石川《いしかわ》の瀬見《せみ》の小川に川遊せし時、丹塗《にぬり》の矢、川上より流れ下りき。すなはち取りて床の辺《へ》に挿し置き、遂に孕《はら》みて男子《おのこ》を生みき』」

つまり——」

千鶴子は雅を見て微笑んだ。

「この『丹塗矢』は、いわゆる男性であることは明白ね」

「はい……」

はにかみながら同意する雅に、千鶴子は続ける。

「能の『賀茂』でも謡われているし、『古事記』にも全く同じようなエピソードが書かれている。三輪《みわ》の大物主神《おおものぬし》が、勢夜陀多良比売《せやだたらひめ》を見て気に入り、『丹塗矢に化《な》りて』彼女の陰部を突いた。比売はあわてたけれど、その矢を取って床の側に置いておいたら、その矢は立派な男性に変身し、比売はその男性――大物主神と結婚した。こちらの話は、玉依姫命よりもっと直截的ね」

「は、はい……」

「それと同時に『丹』だから、言うまでもなく水銀や鉄絡みの話になる。そもそも、高野川の古名は『埴川《はに》』だった。この埴はもちろん赤土――丹のこと」

しかも、と千鶴子は続けた。

「玉依姫の生んだその男子は、

『天《あめ》に向ひて祭を為し、屋《やね》の甍《いらか》を分け穿《うが》ちて天に昇りましき』

つまり、天神の子だったというわけ。しかもこの『天神』というのは、大山咋神だったのではないか、という説もある」

「『猛霊』の松尾大社ですか！」

そう、と千鶴子は頷いた。

「その辺りの話になると何とも言えないけどね。とにかく、この御子は再びこの地に降臨されて、上賀茂神社の主祭神になられた。

『すなはち外祖父の名に因りて賀茂の別雷《わきいかずち》の命と号《もう》す。いはゆる丹塗の矢は、乙訓《おとくに》の郡の社に坐《ま》せる火の雷《ほいかずち》の命なり』

ということ。但し『乙訓神社』という社は、現存していないようだけど」

と千鶴子は笑ったが――。

雅の背中を、まさに「雷」が走った。

今朝から引っかかっていた「雷神」は、これではないのか。

火雷神。

どこかで聞いたことのある名前だと思っていたら、こんな所で出会うなんて！

呆然としていた雅に「どうかしたの？」と千鶴子が尋ねてきたので、

「い、いいえ。何でもありません」あわてて謝る。「実は、今朝から何となく『雷』に関して考えていたんで、驚いたんです」

と言って（雷といっても菅原道真ではなく）御霊神社に祀られている神で――と説明した。

「そういえば……」

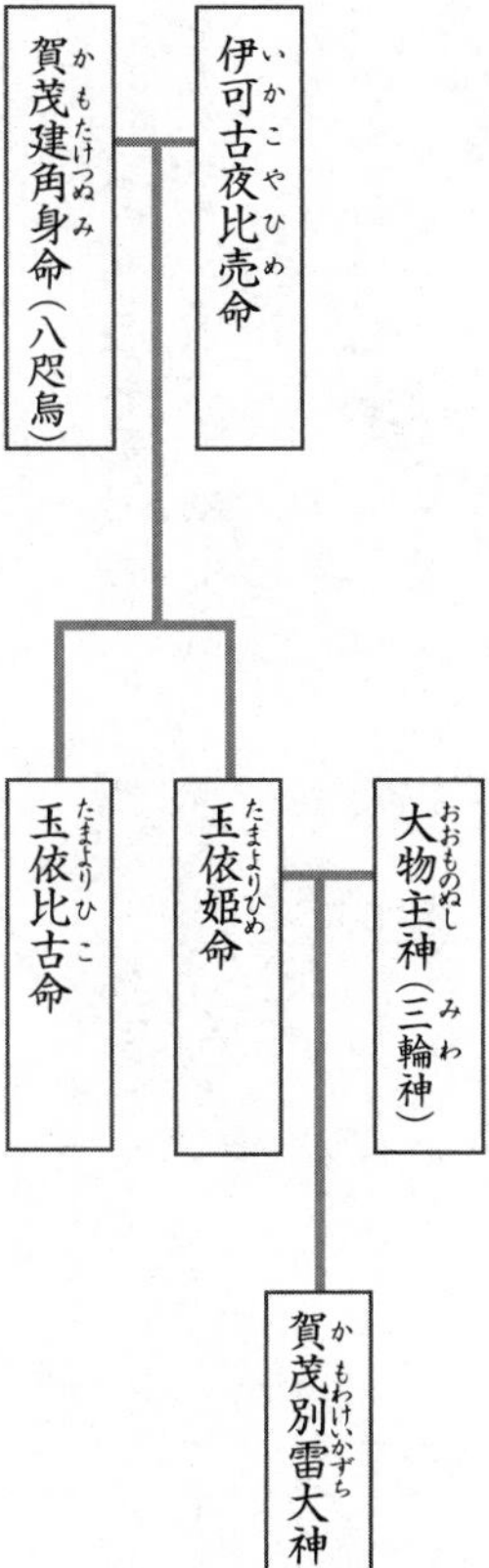
伊可古夜比売《いかこやひめ》命
賀茂建角身《かもたけつぬみ》命（八咫烏）
大物主神《おおものぬし》（三輪《みわ》神）
玉依姫《たまよりひめ》命
玉依比古《たまよりひこ》命
賀茂別雷《かもわけいかずち》大神

雅は水野の試験問題を思い出して、千鶴子に言った。四年次の後期試験問題が、「何故、雷は人間の『ヘソ』を狙うと考えられるようになったのかを論理的に説明せよ」という一問だけだった、と。

それを聞いて、

「水野先生らしいわね」千鶴子は笑った。「それであなたは、どんな解答を？」

はい、と雅は頷く。

「図書館で調べても皆で相談したりしても、全く分からなくて……。でも当日、答案用紙をめくった時に、ふと気がついたんです。『ヘソ』って『ホゾ』ともいうよな、って」

「臍《ほぞ》をかむ、臍を固める、などのようにね」

「それで、水野先生の授業で踏鞴製鉄の炉を『火処《ほど》』と呼ぶって習ったことを思い出したんです」

「なるほど」

「とすれば『ホゾ』は『火処』を騙《かた》っているんじゃないかって。『雷』が、自分たちの鉄を朝廷に奪われてしまった、出雲や伊勢の『怒れる神』だったとしたら、雷鳴に乗って『ホド——ホゾ——ヘソ』を奪い返しに来るのは当然だろう、と」

「それで、試験の点数は？」

「八十点でした。もう少し早く気がついていれば、もっときちんと調べられたんですけど……」

「最高点ね」千鶴子は笑った。「水野先生の採点には、六十点・七十点・八十点の三種類しかないから」

「後からそう言われました」

雅が照れ臭そうに答えた時、下鴨神社の西鳥居が見えた。

雅たちはその手前で軽く一礼すると、二人並んでくぐり、船形の石で造られた手水舎で手と口を浄める。そして、愛宕《おたぎ》社、稲荷社、印納《いんのう》社、賀茂斎院がいらっしゃった斎院御所の贄殿《にえどの》——主に穀類を調理する場を過ぎた。

大炊殿《おおいどの》のとなりには、三井《みつい》神社が鎮座している。ここは素通りできないので、雅たちは足を止める。『延喜式』にも「三井《みい》ノ神社《のかみやしろ》」として登場する大変な神域だ。

雅たちは揃って参拝を終えると、境内を進む。大きく翼を広げたような造りの舞殿《まいどの》の向こうには、鮮やかで立派な朱塗りの楼門が見えた。

「この右手に、出雲井於《いのへ》神社が鎮座しているんだけれど、まずは御本殿にご挨拶しましょう」

千鶴子に促されて、雅もその後に続く。

楼門とは違って、檜皮葺《ひわだぶき》でシックな中門をくぐると、本殿手前に言社《ことしゃ》が鎮座していた。小さな七つの社には、大国主命の別名の神——たとえば、大国魂《おおくにたま》神とか、大己貴《おおなむち》神とか、八千矛《やちほこ》神など——が祀られていて、参拝者の十二支の生まれ年の守り神となってくれるらしい。雅も自分の干支——丑年の守護神の方向を拝みながら通った。

そして本殿。

参拝場所——幣殿向かって左手には、八咫烏・賀茂建角身命のいらっしゃる西本殿が、そして右手にはその娘神・玉依姫命のいらっしゃる東本殿がある。先ほどの三井社は三社だったが、こちらは何故か二社だ。

双方共に、檜皮葺、流造《ながれづくり》、桁行柱間三間、梁行柱間二間の身屋《もや》とその前面に付設されている一間通り庇からなる高床式の社殿で、この形式は、全国の神社の流造の祖型ではないかといわれているほど古いのだという。本殿階段上、扉の両側に置かれているのは、向かって右側に金色の獅子、左側に銀色の狛犬という、とても珍しい造りになっている。二人は並んで静かに参拝すると、再び中門をくぐり、いよいよ出雲井於神社へと向かった。

到着してみると、境内摂社ということだったが、雅が想像していた以上に立派で驚いた。井於神社本殿前に、四方に御簾《みす》が掛けられた拝殿があることだけでも驚くが、その手前にはきちんと手水舎もある。その拝殿前には、

「開運厄除の神
比良木《ひらき》社（出雲井於神社）」

と大書された社号板が立てられていた。

一間社流造、檜皮葺の本殿は、東西本殿に比べれば当然小さいが、その周りを朱塗りの瑞垣が取り囲み、左右に灯籠が立ち、前面には白い神社幕が下がった拝所も造られている。しかも驚いたことに、この神社は本殿左右に、末社を二社持っていた。末社を持つ境内摂社だ。

つまり、下鴨神社内でほぼ独立して存在しているということになるのではないか。事実、全体の境内図を見ると、井於社自体が占める割合もかなり大きい。おそらく本殿の半分ほどあるだろうから、この社内でも、それほどまで重要な位置を占めていることになる。

雅は由緒書に視線を移す。

「重要文化財　出雲井於神社
祭神　建速須《たけはやす》佐《さ》乃《の》男《お》命
例祭日　一〇月一四日」

祭神は、やはり素戔嗚尊。

もう驚かなくなっている。

今までは、出雲といえば大国主命だとばかり思っていたが、今回実際に出雲・奥出雲とまわって確信した。

出雲は、もともと素戔嗚尊の国だった——。

雅は由緒書を食い入るように読む。


「『延喜式』に『出雲井於神社』とある神社で、『日本書紀』神武天皇二年の条りに葛《かず》野主殿県主《ののとのもりのあがたぬし》部とある氏族が祖神として奉斎した社である」

「『井於《いのへ》』とは、川のほとりのことで、出雲郷の川のほとりに坐す社の意である」

とあった。

ここまでは御子神や千鶴子の話から想像できる。しかし、その由緒書の続きには、不思議なことが書かれていた。

「社の周辺に植える木はことごとく柊になるとの伝承があり『何《なん》でも柊《ひいらぎ》』と呼ばれ、京の七不思議に数えられている」

この神社周辺の御献木が、一、つ残らず柊になってしまうというのは、一体どういう意味だ？

だから「比良木社」という名称なのだろうし、実際に石灯籠の火袋の部分に開けられている穴は「柊」の形をしている。

それが「京の七不思議」の一つなのだと言われたところで、とても納得できない。現実的に、そんな現象が起きるとは考えられないから、これは何かの喩えだ。

そもそも、どうして「柊」なの？

雅は眉根を寄せた。

首を傾げながら最後まで読むと、

「重要文化財　末社　橋本社（左側の社）
祭神　玉津島神《たまつしま》
重要文化財　末社　岩本社（右側の社）
祭神　住吉神《すみよし》」

とあった。

こちらの末社はどちらも一間社、檜皮葺、見世棚造《みせだな》――一般の人の屋敷内にあるような、土台の上に建って階段がついていない社――だった。

雅はもう一度拝礼すると、井於神社を後にした。

それにしても……。

今までこの神社の存在を知らないでいたということがとっても悔しい。

改めて自分の知識の浅さを思い知らされている雅に向かって、

「どうだった？」

歩きながら、千鶴子が尋ねてきた。

そこで雅は、今まで感じたことを――少し恥ずかしかったけれど――正直に告げ

た。そして、

「この『柊になる』という意味は、一体何なんでしょうか？」

と尋ねると、千鶴子は、

「ああ、それね」と笑った。「個人的には解答をつかんでるつもりだけど――」

「えっ。それは！」

詰め寄った時、

「あら」と千鶴子は視線を外して、前方を見た。「何だろう……？」

舞殿を過ぎて、御手洗池に向かう途中、輪橋の近辺が、何やら騒々しかった。

以前にやって来た時も、この辺りには大勢の人だかりがあったから先ほどは余り意識しなかったけれど、今改めて良く見れば、橋の向こうに黄色いテープが張られている。テレビのニュースなどで良く見る、立ち入り禁止テープだ。

「何か事件でも起こったのかしら……」

千鶴子は一瞬、顔を曇らせたが、

「あら？」

と言うと、足早にそちらへ近づいて行く。雅も、あわてて後を追った。すると千鶴子は、険しい表情でテープ近くに立っている、無精髭の中年男性に向かって、

「瀬口くん！」いきなり呼びかけた。「お久しぶり」

その男性は、突然名前を呼ばれて驚き、鋭い目つきでハッと振り返った。しかし千鶴子の姿を認めると、急に脱力したような顔で、

「ああ、きみか……」迷惑そうに答えた。「今は仕事中だ」

だが千鶴子は、男性の言葉が聞こえなかったように、周囲を見回しながら尋ねる。

「何か事件でもあったの？」

その時、若い女性が一人近づいて来た。彼女は千鶴子を見つめながら、男性に向かって問いかける。

「警部補のお知り合いの方ですか？」

〝警部補……？〟

聞き耳を立てる雅の向こうで、

「まあね」その警部補は、更に迷惑千万そうな顔つきになって口を開いた。「知り合いだ。俺の高校の同級生で地元も同じ、金澤千鶴子さん」

と言って千鶴子を振り返る。

「この彼女は、ぼくの部下の加藤裕香巡査」

〝え……〟

と驚く雅の前で、初めまして、と二人はお互いに挨拶したが、後ろに立っている雅に気づくと、裕香が尋ねた。

「こちらの方は、金澤さんのお知り合いの方ですか？」

ええ、と千鶴子は答えると、

「東京の大学の民俗学研究室の後輩で、橘樹雅さん。今日は、一緒にこの辺りをまわっているの」

と紹介してくれた。

「は、初めまして」雅はドギマギしながら、瀬口と裕香に向かって深々とお辞儀すると「お仕事中、申し訳ありません。四月から、東京都千代田《ちよだ》区麴町《こうじまち》の日枝山王大学大学院の水野民俗学研究室生になります、橘樹雅です！」

長々しく自己紹介してしまった。

裕香の説明によると、瀬口はやはり京都府警捜査一課の警部補なのだという。そして裕香は、瀬口の直属の部下になって二年目の巡査。おそらく、雅と同い年くらいの可愛らしいこの女性が、京都府警巡査……？

目を見張る雅の前で、千鶴子が改めて尋ねる。

「それで、瀬口くん――いえ、瀬口警部補。ここで何があったの？」

実は、と裕香が瀬口に代わって答えた。

「今朝、この先の御手洗池で死体が発見され、捜査に当たっているところです」

「こらっ」瀬口は叱る。「一般の人に、余計なことを言うんじゃない」

「でも、この方は警部補のお知り合い――」

「知り合いだろうが親戚だろうが、彼女たちは一般市民に変わりはない」

「報道関係者も大勢来ていますし、多分もうすぐニュースで流れると――」

「いいから、黙ってろ」

「はい……」

鼻白む裕香と瀬口に向かって、

「捜査一課案件の殺人事件ということね」千鶴子は言った。「まさか御手洗池で入水自殺ということもないでしょうし、しかもここの神職は、開門直前に境内を見回るって聞いたから、犯行時刻は昨夜の閉門から、今朝の五時頃まで」

「余計な詮索は、いいんだ」瀬口は言った。「それより、きみたちは今朝からずっとここに？」

いいえ、と千鶴子は首を横に振る。

「さっき来たところよ」

「どこかで、不審な人物を見かけなかったか？」

「いいえ、特には」

「そうか」瀬口は手を挙げた。「それで……きみは、ずっと研究を続けているのか？」

「まあね……」

「それは良かった」相変わらずの仏頂面で言う。「じゃあ、またな」

「ええ」千鶴子は頷くと、今度は裕香を見た。「お仕事、頑張ってね。あと、瀬口くんの補佐もよろしくお願いします」

「はいっ」裕香は軽く敬礼した。「ありがとうございます。また何かご協力いただくこともあるかと思いますが、その節はよろしくお願いします」

「私でよろしければ、いつでも」

「ではっ」

ニッコリ微笑んで応える千鶴子と雅を残して、瀬口と裕香は去って行った。

「御手洗池を見られないのは残念だったけど」楼門をくぐりながら、千鶴子は言う。

「殺人事件じゃ、仕方ないわね」

「金澤さんは」雅は頷きながら尋ねた。「捜査一課の警部補さんとお知り合いだったんですか」

そう、と千鶴子は答える。

「幼なじみなの。彼は見た通り、無愛想で強面《こわもて》なんだけど、実はなかなか良い人なのよ。でも強情っ張りなところがあるから、思い込んだら一人で突っ走ってしまうところがあるの。以前もそうだったたし」

「以前も？」

「ちょっとした事件でね。アドバイスとまではいかないけど、相談に乗ってあげたことがある」

「凄いですね！　府警捜査一課の警部補の相談なんて」

素直に驚いたが……そういう雅も、出雲で島根県警に協力して、感謝されたばかりだった。でもあれは、単なる偶然の思いつき。千鶴子とは、きっとレベルが違うだろうと思ったので、もちろん口には出さないでいた。

南口鳥居の手前右手で、大勢の女性たちが列を成していると思ったら、そこは神皇産霊神《かみむすび》を祀っている「相生社《あいおい》」で、古くから縁結び・結納の神として有名な社らしい。しかし今は、歩きながらの遥拝で通り過ぎた。

二人で南口鳥居をくぐり、糺の森の中を一直線に延びる表参道を歩いていると、

「そういえば」千鶴子が言った。「あなた、幸《さい》神社には行った？」

「さい……神社ですか？」雅は眉根を寄せて首を横に振る。名前を聞いたこともなかった。「いいえ……」

「正式には、出雲路幸神社《さいのかみのやしろ》というの」

「出雲路――さいの神！」

「この近くよ。行ってみる？」

「はいっ」と答えて、雅は千鶴子に尋ねる。「でも……そんなにおつき合いいただいて、本当によろしいんですか？」

いいのよ、と千鶴子は参道沿いを静かに流れる瀬見の小川を眺めながらあっさりと言った。

「出雲路幸神社はね、この表参道を最後まで行かないで、河合神社から西南に折れた先に鎮座しているの」

「は、はい……」

「あなたも『幸《さい》』という名称で気がついていると思うけれど、主祭神は――」

「塞《さい》の神の、猿田彦神ですね」雅は答えた。「実はさっきも、猿田彦神社に参拝して

きました」

　と口にしてから、今回は何故か猿田彦とも縁があると思った。実際、先ほどの三井社末社にも祀られていたし……。

「猿田彦神社は、小さかったでしょう」

　顔をほころばせながら尋ねる千鶴子に、

「はい」雅は正直に答えた。「驚きました」

「でも、あの神社は京洛三庚申《こうしん》の一つとも言われているのよ」

「そうだったんですね！」

「幸神社は御所の鬼門――艮の方角に鎮座しているという。正確に言えば違うんだけどね」千鶴子は笑った。「でも、誰もがそう考える要素があったのかも知れない」

「そう……なんでしょうね」

「そして出雲路幸神社には、先ほどの出雲の阿国が、巫女として仕えていたともいわれている」

「阿国もですか！　じゃあ、やっぱり彼女はこの近くの出身だったんですね」

「そんな説もあるわ」千鶴子は、ふと立ち止まる。「でもその前に、折角だからこの河合神社も参拝しましょう。何しろ古代は上賀茂・下鴨に加えて『中賀茂』といわれたこともあったらしいから」

「中賀茂……」

初めて聞く雅を連れて、千鶴子は鳥居をくぐった。

河合神社の正式名称は「鴨河合坐《かものかわあいにます》小社宅《おこそやけ》神社」。祭神は、またしても玉依姫命。但し、こちらの神社の玉依姫命は、本社本殿の玉依姫命とは、同名異神とされているらしい。ということは、本社の姫の娘神という可能性もある。

しかしどちらにしても、女性の絶大なる守護神であることは間違いないようで、若い女性たちが次々にやって来ている。

境内に入ると、「六社」として、諏訪社や稲荷社、そして「衢社《ちみしや》」が祀られていた。衢社の祭神は、八《や》衢毘古《ちまたひこ》神と八衢比売神。これは「塞の神」と同神だから、つまり猿田彦神と天鈿女命になる。

またしても、猿田彦神が現れた……。

雅は訝しがりながらも本殿前に進み、千鶴子と共に参拝する。

そして帰り道。雅は社務所近くで、変わった祈願絵馬を見つけた。「鏡絵馬」というらしい。それは丸い手鏡のような形をした絵馬で、可愛らしい女性の目鼻が描かれていた。しかしそこに、自分がなりたい顔の絵を描き足して奉納すると、その理想の顔になれるのだという。そして良縁がやって来る。素晴らしすぎる御利益だ。

それで、こんなにも女性参拝者が多いのか、と雅は納得する。

日を改めて必ずここも参拝しようと心の中で決めて、雅は千鶴子と共に河合神社を後にした。


再び賀茂川を渡ってしばらく行くと、出雲寺と同じように、細い路地の途中に「出雲路幸神社」が現れた。こちらも、とても小さな神社だった。

石の明神鳥居の横に立っている由緒書は、すっかり擦れてしまって殆ど読めないが、その後ろに由緒が張ってあった。

幸神社《さいのかみのやしろ》

祭神　主祭神　猿田彦の大神
　　　相殿神　天之御中主神《あめのみなかぬし》・可美葦牙彦舅神《うましあしかびひこじ》
　　　　　　　少彦名神・天照大御神・皇孫瓊瓊杵命《ににぎ》
　　　　　　　大国主命・事代主命・天鈿女の命

と書かれていた。

この、可美葦牙彦舅神は、天之御中主神・高皇産霊《たかみむすび》神・神皇産霊《かみむすび》神に続いてお生まれになった神で、こちらもまた謎が多い神だ。

更に由緒を読めば、平安京造営時には「出雲路道祖神」と呼ばれていたという。江戸時代に遷座した際に「幸神社」と改名されたと書いてある。だが、どちらにしても主祭神が猿田彦神である以上、「塞の神」で間違いない。

但し、応仁の乱の災禍によって何度か移転しているらしいから、千鶴子も言ったように、御所の鬼門封じのための創建かどうかは分からないが、「出雲の阿国が当社の稚児、巫女として仕えた故実により」と、はっきり書かれている。そのため「芸能上達を願う人々の崇敬を集めて」いるそうだ。

雅たちは、鳥居をくぐって狭い境内に入る。猿田彦神社よりは広いものの、出雲寺と同じくらいだろうか。参道も、無理矢理に曲げて造られているようで、何か違和感を覚えた。

ただ、こぢんまりしている割には、石灯籠や狛犬の周囲に「白石」が敷かれているし、摂社もあった。また境内奥には「石神《しやくじん》」が祀られていたり「猿田彦大神」と刻まれた石碑が立っていたり、猿の彫刻があったり、「道祖神」には欠かせない男女を表す陰陽石が置かれていたりと、なかなか充実している。

また、怨霊神としても有名だったようで、祭神を出雲の道祖神の女神《むすめ》だとして見下した藤原実方《さねかた》を「蹴殺《けころ》」したという伝説も残っているらしい。ちなみにこの「蹴殺す」という殺害方法は、国文学者の田中貴子《たなかたかこ》に言わせれば、怨霊神特有の殺害方法だという。

ここは間違いなく「塞の神」神社であり「塞」を「幸」に言い換えたのだ、と雅は確信した。

参拝を終えて、再び石の鳥居をくぐって境外に出た時、

「あっ。そういえば」雅はハッと思い出す。「例の、出雲井於神社で、御献木が全て柊になってしまうって、どういう意味だったんでしょうか？」

ああ、と千鶴子は頷く。

「話が少し長くなってしまうけど」

「私は大丈夫です。ホテルも取ってありますし、時間はいくらでもありますから、金澤さんさえよろしければ、ぜひ聞かせてください」

「今夜は、京都に泊まるの？」

「はい」

と答えて雅は、予約してあるホテルの名前を伝えた。

「そう……」千鶴子は腕時計に目を落として、少し考える。「じゃあ、もしあなたさえ良ければ、夕食をご一緒しない？」

「えっ」突然の誘いに、雅は目を丸くした。「よろしいんですか」

「ええ。どうせ私も一人だし、食事をしながらゆっくりお話しするというのはどう？大学の話も聞きたいし」

「はいっ。それはもう私にとっても嬉しいです！」雅は本心から喜ぶ。「でも、何か申し訳ないような気が――」

「あなた、お酒は飲める？」

「はい」まさか、一人でワインのフルボトル一本半まではいける、とは告白しない。

「ほどほどには」

「じゃあ、先斗町《ぽんとちょう》に知っているお店があるから、そこに行きましょう。あなたの泊まるホテルからも、そんなに遠くないし。私が誘ったから、ごちそうするわ」

「そっ、そんな！」雅は声を上げてしまった。「わ、私こそ、初めてお会いしてから大して時間も経っていないのに、お世話になった上に、こんな色々と親切に教えていただいて――」

「別に、親切にしたわけじゃない」千鶴子は笑った。「きっと、面倒を見てやれと言われたのかもね」

「誰にですか？」

もちろん、と千鶴子は楽しそうに答える。

「出雲の神様に」

「は？」

「じゃあ、後でホテルのロビーまで迎えに行くわね。時間はそうね……六時にしましょう。お店を予約しておく」

呆気に取られたままの雅に向かって、千鶴子はニッコリ笑い、二人は一旦別れた。

《疾風雲は混沌と》

雅は千鶴子に連れられて、夕暮れの先斗町を歩く。

狭い路地の両脇には、ベンガラ格子のお茶屋から大衆的な居酒屋まで飲食店がズラリと並び、今頃の時間からは、各々の店の前に掲げられている千鳥紋の入った提灯に明かりが点り、舞妓さんと行き会ったりもする。まさに京都の風情を満喫できる、ちょっとした異世界で、京都にやって来た時は、雅もこの辺りで食事をすることが多かった。

この珍しい「先斗町」という名称は、ポルトガル語からきているらしい。しかも、カルタ賭博に絡んでいる名前だという。その真偽のほどは確かではないけれど、昔この辺りは、祇園《ぎおん》や上七軒《かみしちけん》と並ぶ花街《かがい》だったというから、おそらく賭博はつきもの。その可能性も否定できない——。

千鶴子は雅を、一軒の小綺麗な日本料理店に案内した。夏ともなれば、鴨川沿いの川床も用意されるということだった。

店の入り口で千鶴子が、顔なじみらしい女性店員と挨拶して二言三言交わすと、二人は個室に通された。

「私一人だと、いつも裏通りの居酒屋に行くんだけど」千鶴子は言う。「今日は、こっち。二人でも個室を取れるから、予約を入れておいた」

「わざわざ、すみません……」

「何となく危ない話になりそうだしね。地元の人たちに聞かれたくないような」

冗談とも本気とも取れるような顔つきで、千鶴子は笑った。

二人は早速、地ビールで乾杯して、食事が運ばれてくる中、雅は千鶴子に先ほどの出雲井於神社の「柊」の話題を振る。すると千鶴子はグラス片手に、

「単純な話だと思う」と、あっさり答えた。「一般的に『柊』という名称は、古語の『疼《ひひら》く』からきているといわれてる」

「ひひらく……ですか?」

「手に触れると『ひりひり痛む』『ずきずき痛む』ということね。だから今でも、節分の夜に鰯の頭と柊の枝を門戸に飾る地域があるでしょう。鰯の臭いと柊のギザギザの葉で、悪鬼を近寄らせないように」

雅も、それは「焼嗅《やいかがし》」「やいくさし」と呼ばれる風習だと水野の講義で習った。

「また、あるいは」千鶴子はノートを取り出すと、テーブルの上に広げてペンで書き記した。「『疼《ひひ》く』。『書紀』の神武天皇即位前紀にもあるわ。

みつみつし　来目《くめ》の子等《こら》が　垣本《かきもと》に　植ゑし山椒《はじかみ》　口疼《くちびひ》く　我は忘れず　撃ちてし止《や》まむ

山椒は口に入れると、口中がヒリヒリするが、それと同じように相手からの攻撃が非常に手痛いもので、私は忘れない——という意味ね。または『虐《ひひら》く』とも」

「虐くって、虐待という意味ですか！」

驚く雅に「そう」と千鶴子は頷いた。

「鎌倉・室町時代では『ひびらき』とも呼んだらしいけど、本質は同じ。『痛む』ということ」

「つまり、あの社の周囲に植えられた木は、全てが『痛む』木になってしまうということですか」

「そうね。というのも、その理由は——」

「主祭神が素戔嗚尊だから」雅は、千鶴子の言葉を遮って小声で叫んでしまった。

「彼が朝廷から虐待され、痛みを負ったから！」

「素直に考えれば、そういうことでしょうね」千鶴子は、冷静に答える。「そして、彼を信奉していた出雲臣たちも、同じ待遇」

「ああ……」

「そして『柊』の旁《つくり》の『冬』には『魔除け』という意味もある。あるいは『終わり』とかね。いわゆる、結界。これも今言った、節分で門戸に柊を飾る理由の一つ。また、柊の花言葉は、棘で相手を寄せつけないことから『用心深い』とか、今の『魔除け』からくる『保護』『守る』ということの他に『先見の明』というものもある」

「先見の明？」

「これに関しては、さまざまな理由づけがされているけど、結局はきちんと判明していない。でも、わが国特有なものらしいから、知恵の神とされる『久延毘古《くえびこ》』——案山子《かかし》からきているんでしょうね」

「案山子！」

思わぬ話の展開に、雅は体を乗りだしていた。

これは先日、奥出雲で疑問に感じた部分。御子神に話を聞いたばかりだ。「一本足」で「蓑笠」を着けている姿は、素戔嗚尊を始めとする産鉄民の象徴なのだと。朝廷の人々から非常に忌まれると同時に、一目置かれていた「畏るべき」存在。

それに関しては『古事記』にこう載っている。

「謂《い》はゆるくえびこは、今に山田のそほどといふ」

「この神は足は行かねども、尽《ことごと》く天下《あめのした》の事を知れる神なり」

この「そほど」は案山子の古語だから「くえびこ――久延毘古」つまり案山子である産鉄民たちは、膨大な知識と情報量を持っているのだと。

「奈良・桜井《さくらい》に鎮座する大和国一の宮・大神《おおみわ》神社の末社に」千鶴子は言う。「おそらく日本で唯一社、久延毘古命を祀っている『久延彦神社』がある。そこでは彼を『智恵の神様』として崇め、大勢の参拝者が訪れる。案山子は単に、田んぼの中に一本足で立っているだけじゃない」

「そうなんですね」と頷いた雅は、ふと閃いた。「もしかして、さっきの節分の『焼嗅』の『カガシ』という名前も、案山子と関係が？」

「当然、そういうことでしょうね」千鶴子は、あっさりと答える。「そもそも案山子は、鳥獣に田畑を荒らされるのを防ぐために、嫌な臭いのする物を置いたことから始まっている。いわゆる『カガシ』なんだから、むしろ『カガシ』が先」

「あ……」

「その案山子に関して、吉野裕子はこう言ってる。

『大蛇の異名に「山カガシ」があることを思い合わせれば、山から来て田を守る神、「カカシ」の本質もやはり蛇として受け取られるのである』

『民俗の中にみられる「カカシ」に共通するものは、蓑笠を着せ、手に箒・熊手をもたせ、また「カカシ」を山の神として祀っている点である。

蓑・笠・箒は、私のみるところではいずれも蛇を象徴するものである』

——と。もちろん蓑笠は、そのまま素戔嗚尊のこと。彼女はそこまで言及していないけれど、間違いない。何しろ素戔嗚尊は、

『青草《あおくさ》を結束《ゆ》ひて、笠蓑として』

それを身にまとった姿で追放されたんですから」

「御子神さんも」雅は頷いた。「同様のことを、おっしゃっていました」

そう、と答えて千鶴子は続けた。

「更に彼女は、こう言う。

『「古事記」上巻には、大蛇の目を形容して、「彼《そ》の目は赤加賀智《アカカガチ》の如し」と記し、「此に赤加賀智といへるは今の酸漿《ホホヅキ》なり」と注している』

でも、この『酸漿』という言葉は『書紀』にも登場する」

「猿田彦神」雅の背中に電流が走った。「天孫降臨した瓊瓊《にに》杵《ぎ》尊を導く場面です！」

「正解」千鶴子は笑った。「神代下・第九段。瓊瓊杵尊がまさに降臨しようとした時に『天八《あまのや》達《ち》之衢《また》』――八衢に現れたのが、猿田彦神。その姿はといえば、鼻の長さ七咫《ななあた》、背の高さ七尺余りで、

『眼は八咫鏡《やたのかがみ》の如くして、赩然《てりかかやけること》赤酸漿《あかかがち》に似《の》れり』」

ここにきて素戔嗚尊ばかりか、猿田彦神まで登場した！

呆然とする雅の前で、千鶴子は続けた。

「今の話に関して吉野裕子は、こう結んでる。つまり、

『「カカチ」「カガチ」は大蛇の古名である』

とね。『書紀』で、素戔嗚尊に退治される八岐大蛇の容姿もそう描写されてる。

『眼《まなこ》は赤酸漿　赤酸漿、此をば阿箇箇鵝知《あかかがち》と云ふ。の如し』って。

つまり、大蛇である『山カガシ』は、蓑笠をまとわされた『案山子』に他ならないというわけ。あなたは、童謡の『案山子』を知ってるわよね」

「は、はい……」

「あれは差別の歌だとか、そうじゃないとかいう論争もあるようだけど、今は関係ない。その内容」千鶴子はビールを一口飲んだ。「歌詞に書かれた『一本足』は、産鉄民の象徴。しかも『蓑笠』を羽織っている。それで――これは誰も指摘していないんだけど、二番の最後の部分の歌詞を知ってる？」

「二番の最後……ですか」雅は首を傾げた。「いいえ。正確には」

そう、と言って千鶴子は小声で歌った。

「山では烏が　かあかと笑う
耳が無いのか　山田の案山子」

「……それが何か」

「遠い昔から『耳が無い』といわれてきた生き物がいたでしょう」

あっ、と雅は息を呑んだ。水野の講義で何度も聞いた。

「い、龍です！」

現在では差別語に分類されて使われなくなってしまっているが「聾《つんぼ》」という言葉がある。これはまさに「龍」に「耳」だ。恵比須《えびす》神も耳が遠い（聞こえない）という伝承があるから、彼もまた「龍神」ということになる。

ちなみに「全日本ろうあ連盟」は、海に落ちた龍の耳から生まれたといわれる「タツノオトシゴ」をシンボルマークにしているらしい——。

「その通り」千鶴子は笑う。「だから案山子は、どう転んでも『大蛇・龍』なのよ。但し、作詞者の武笠三《むかささん》がそれを知っていてわざと書いたのかどうかは、分からない。ただ、彼は宮司の家系だったというから、可能性はゼロというわけじゃない」

「ああ……」

案山子＝蛇説も含めて、全てが「素戔嗚尊」「猿田彦神」というキーワードで繋がってくるではないか——。

しかし千鶴子は、

「あくまでも、私の妄想だけどね」と笑ってグラスに口をつけた。「吉野裕子以上の文献もないし」

「いえ！」と雅は、真剣な顔で言う。「決してそんなことはないと思います。花言葉も、ずっと後の時代の産物でしょうけれど、偶然にしては余りにも一致しすぎですから、金澤さんの説は正しいと思います。水野先生にも、きっとそうおっしゃっていただけるんじゃないかと」

「ありがとう。さて——と」

千鶴子は微笑むと、あっという間に空いてしまった地ビールの代わりに（雅の同意のもと）伏見の地酒を注文した。

お洒落なぐい呑みと、キリッと冷えて口当たりの良い地酒が運ばれてくる。注がれて一口飲んだ雅はその美味しさに驚いた。千鶴子は相当な酒豪なのではないか、と推察しながら、

「でも」と尋ねた。「柊の話もそうでしたけど『出雲井於《いのへ》』という名称自体が珍しいですよね」

「下鴨神社の説明では」と千鶴子もぐい呑みを口に運びながら答えた。「『井』は『川』のことで、『於』は『畔《ほとり》』を意味しているから、つまり『出雲路を流れる鴨川の畔に建つ神社』という意味だといってる」

「——それだけでしょうか」

「というと？」

いえ、と雅は顔を曇らせた。

「特に考えがあるわけじゃないんですけど……。でも、日本全国で、川の畔に建っている神社は無数にあると思うんです。ところが『井於』なんていう名称を持っている神社は——少なくとも私は——一つも知りません」

「私は他でも見た記憶があるわ。でも」千鶴子は首を捻った。「確かにその神社は、川の畔に鎮座していいいなかった」

「じゃあやっぱり、何か意味があるんじゃないですか？」

そうね、と千鶴子は眉をひそめた。

「下鴨に関しては、生まれてからずっとそう聞かされてきたから、今まで疑問に思っていなかった。うん。反省する」

そう言って、雅を見た。

「あなた、面白いわね」

「は？」

「ちょっと変わってる」

「え……」

賞められているのか貶《けな》されているのか、それともからかわれているのか——判然としなかったが、

「あ、ありがとうございます」

取りあえずお礼を言う雅に、

「もう一度『井於』の意味を、調べ直してみるわ」千鶴子は楽しそうに笑った。「確

かに、面白いかも」

「私も調べてみます！　というより――」

頭の中で、波木祥子のあの無表情な顔を思い浮かべる。

「――そういった名前の分野に詳しい方が、研究室にいらっしゃるので」

「そうね」

と言って、千鶴子は何度も軽く頷いた。

でも、と雅はぐい呑みに口をつけながら言う。

「やっぱり『出雲』はとても謎が多いです。正直言って、手に余ってるんです。私はもちろんですけれど、本当は誰も出雲のことを知らないか、完全に誤解しているんじゃないかって思うくらいに」

「たとえば？」

「『出雲国風土記』です。だって神代の中でも大スペクタクルの一つ、素戔嗚尊の八《や》岐大蛇《またのおろち》退治の話や、日本国の根幹に関わる、大国主命の国譲りの話が一行も書かれていないなんて、おかしすぎます」

「確かに、島根の石見《いわみ》神楽の『大蛇《おろち》』は言うまでもなく、出雲流神楽のルーツともいわれる佐陀《さだ》神能《しんのう》の『八重垣《やえがき》』や、それこそ出雲大社のお膝元の大社町で行われる大土《おおど》地神楽《ち》の『八戸《やと》』でも、素戔嗚尊の八岐大蛇退治の演目は、人々からは大人気で、しかも出雲神楽において重要な役割を果たしているものね」

「だから、その辺りがどうしても納得できなくて……」

「『風土記』では、一般にいわれていることと正反対のことも書かれていたりするからね。これは『出雲』ではなくて『丹後国風土記』逸文なんだけど――」千鶴子は料理を口に運びながら尋ねる。「あなたは、世阿弥《ぜあみ》作ともいわれる能、『羽衣《はごろも》』を知ってる？」

「確か……天女《てんにょ》が羽衣を取られてしまったという、いわゆる『天女伝説』をもとにした能ですよね」

以前、お正月のテレビ番組で放映されていた。能は余り得意ではない雅も、すんなりと最後まで観た記憶がある。

そんな話を伝えると、そう、と応えて千鶴子はぐい呑みに口をつけた。

「『羽衣』は、いわゆる三番目物――つまり、女性が主人公の『鬘物《かずらもの》』といわれる分野での代表作の一つ。ちなみに、この三番目物には『井筒《いづつ》』『松風《まつかぜ》』『熊野《ゆや》』など、能を代表する作品がある。その中でも『羽衣』は、能装束がとても美しいし、上演時間も一時間ほどの上に、ストーリーも『異類婚姻譚《いるいこんいんたん》伝説』の一形態で分かりやすいから非常に人気の高い演目なんだけど、いくつか不可思議な点があるのよ」

「というと？」

「どんな内容だか覚えてるかな？」

いいえ、と雅は正直に答えて首を横に振った。

「今、お話しした程度です」

「じゃあ簡単に」

と言うと千鶴子はぐい呑みを空けた。

なかなか豪快な飲み方だ、と感じた雅の前で千鶴子は続けた——。


ある日のこと。

駿河《するが》国・三保《みほ》の松原《まつばら》に暮らす白龍《はくりよう》という漁夫が、浜辺の松に掛かっていた一枚の美しい衣を発見する。白龍は不審に思い、しかし驚きながらもそれを持ち帰ろうとした時、目の前に一人の美しい天女が姿を現した。その天女は、それは自分の物だから返して欲しいと泣いて懇願する。その羽衣がないと、天に帰ることができないというのだった。

その話を聞いた白龍は、天女を哀れと思って羽衣を返そうと決める。但し、千載一遇の機会なので、世に名高い天人の舞を見せて欲しい、そうすれば返そうと条件を出した。ところが天女は、その羽衣がないとその舞も舞えないと言う。しかし白龍は、これを返したら、おまえは舞も舞わず、私との約束を破ってすぐ天に帰ってしまうのだろうと問い詰めた。すると天女は、あの有名なセリフで答える。

「いや、疑ひは人間にあり。天に偽りなきものを」

嘘を吐くのは人間だけであり、天上界の私たちは決して嘘を口にしないのだ、と。

天女の言葉に白龍は、

「あら恥《はず》かしや」

と素直に謝罪して羽衣を返すと、天女は約束通り舞を舞った。すると辺りは、天上世界のように美しい景色に変わり、ただ呆然とそれを眺める白龍を残して、天女は富士の山を越えて飛び去り、天へと帰って行った——。

話し終えると、千鶴子は手酌で地酒を注ぐ。

そんな仕草を眺めながら「でも」と雅は小首を傾げながら尋ねた。

「この話の、どこに問題が？」

「そもそも、漁夫の名前が『白龍』って凄くない？」

「そう言われればそうですけど……作者が勝手につけた名前でしょうから……」

そうね、と千鶴子は笑いながら続けた。

「ところがこの話も『丹後国風土記』逸文になると、少し違ってくるの」

「というと……」

「『風土記』逸文では、舞台は三保の松原ではなく丹後国で、水浴びしている天女たちを発見した老夫婦が、そのうちの一人の衣を隠してしまい、運悪く天に帰れなくなった天女を、自分たちの子として育てることにする。養女となった彼女は、老夫婦のために一所懸命に酒を醸《かも》す。この酒は万病に効くと評判になって、老夫婦は莫大な財を成した。すると彼らは天女に向かい、もう用済みとなったから出て行けと言って、無理矢理に家から追い出してしまう」

「えっ、そんな……」

顔をしかめる雅に「惨い話ね」と返して千鶴子は続けた。

「おかげで天にも帰れず、住む家も失ってしまった天女は、

『涙を拭ひて嗟嘆《なげ》き、天を仰ぎて歌ひしく、
天の原　ふりさけ見れば

霞立ち　家路まどひて
　行く方知らずも』

と歌を詠んだ。この歌は、少し形を変えて『羽衣』の詞章にも出てくる」

「可哀想というより、非道です。だって、天女が帰れない原因を作ったのは、そもそも彼ら老夫婦なのに。しかも天女は、彼らのために働いたんですから」

憤る雅の前で、千鶴子は更に続けた。

「天女のその後について『風土記』逸文には、慟哭しながら一人で村々を彷徨《さまよ》い歩き、いつしか奈具《なぐ》という村に辿り着くと、そこに腰を落ち着けることになった。やがて時が経ち、人々はその天女を祀った」

祀った？

その言葉に引っかかった雅は、顔をしかめながら尋ねた。

「つまり……天女はその地で亡くなってしまったということですか」

「行間を読めばね」

「そんな！」雅は思わず声を上げてしまい、周囲を気にして声を落とす。「最後まで、天に帰れずに？」

そういうこと、と千鶴子は首肯した。

「ところがまた『丹後国風土記』逸文には、こう記されている。その神こそが、『豊宇賀能売《とようかのめ》の命なり』

――とね」

「豊宇賀能売って……伊勢神宮の『豊受大神』のことですか？　外宮《げくう》の主祭神の」

驚く雅に向かって、

「そうよ」と千鶴子は首肯した。「つまり『羽衣』は、天女――豊宇賀能売の鎮魂のための芸能に他ならない」

「そういうことですか……」

「でも『風土記』逸文や能『羽衣』の一方しか見ていないと、真実を把握できない」

「確かに」

雅は大きく頷いた。

人々の間に伝わる芸能や伝説や物語の中では、その主人公が現実は不幸せだったからこそ、幸せになったという話にする。そして我々は、神々と悲しみを（少しでも）共有し、その辛さに思いを馳せる。これが、神々に対する魂鎮《たましず》めだ。

そして――これは雅の勝手な考えなのだけれど――それこそが当時の人々の神に対

する恐れや畏れであると同時に、彼らに対する愛情でもあったのではないか……。

つまり、と千鶴子は続ける。

「こうやって『風土記』や、伝統芸能や、その他に残されている文献を同時に読み解けば、必ず真実の歴史が姿を現す。だから逆に言うと『出雲国風土記』に、素戔嗚尊の八岐大蛇退治や大国主命の国譲りの話が載っていない、、、、ということは、とっても重要なポイントなんだと思う」

そういうことか。

雅は大きく頷きながら、ぐい呑みを空けた。

その姿を見て、

「さあ」と千鶴子は微笑む。「喋ってばかりいないで、どんどん食べましょう。ここに出ている以外で、食べたい物があったら好きに注文して」

「い、いえ」雅は目を丸くする。「食べ物はお任せします」

「お酒は？」

「は、はい……。じゃあ次は、折角なので京丹後の地酒を……」

正直に答える雅を見て、千鶴子は嬉しそうに笑った。

雅は京野菜の天ぷらに箸を伸ばし、運ばれてきた地酒を一口飲んで幸せな気分に浸りながら、千鶴子に言った。

「でも、今日の出雲寺は、本当に驚きました。あの場所が、朝廷からそれほどまでに恐れられていた場所だったなんて」

そうね、と千鶴子もぐい呑みに口をつける。

「あなたは『宇治拾遺物語《うじしゅうい》』を知っているでしょう」

「はい。鎌倉時代初期に成立したといわれている、いわゆる説話集ですよね。神話や伝説などを集めた」

「その中に、出雲寺の話が出てくる。これは？」

いいえ……と答える雅に、千鶴子は説明する。

「『出雲寺別当《べっとう》、父の鯰《なまず》になりたるを知りながら殺して食ふ事』」

「鯰になった父を……殺して食べた？」

眉根を寄せて首を傾げる雅に、千鶴子は説明した――。

ある晩。
出雲寺の別当――寺務を取り仕切る責任者だった上覚《じょうかく》の夢枕に、やはり別当だった父親の亡霊が現れた。

その父親の霊が言うには、

「俺は今、前世の行いが悪かったため、三尺余りの鯰にされ、この寺（出雲寺）の屋根瓦の下に封じ込められてしまっている。水も少なく、狭く暗いので、毎日毎日苦しんでいる。しかし、明後日の未《ひつじ》の時（午後二時頃）に大風が吹いて、この寺は倒れて木っ端微塵になる。おかげで俺は、ここから抜け出せるが、かといって子供らに見つかったら、殺されて食われてしまう。だからおまえは、私を捕まえて賀茂川に逃がしてくれ。そうすれば、この渇きからも逃れられるし、自由になる。頼んだぞ」

ということだった。

上覚は半信半疑だったが、その日は本当に昼過ぎから大風が吹き始め、出雲寺も未の時には全て倒壊してしまった。すると夢で見た、大きな鯰が上覚の目の前でのたうっているではないか。

しかし、余りに美味しそうだったため、思わずその鯰の頭に大きな鉄杖《てつじょう》を突き立てて殺し、ブツ切りにして鍋に入れて煮て、美味しい美味しいと言いながら食べた。

ところが、食べているうちに、喉に鯰の大きな骨が突き刺さり、上覚はその痛さに七転八倒し、

「苦痛して遂に死に侍り」

苦しみまわって悶死したという――。

凄い話だ。

雅は息を呑んだが、でも、どうしてこんな話が『宇治拾遺物語』に？

疑問に思った雅の心中を察したかのように、

「この話を水野先生風に解題すれば、二つの大きな要素が含まれている」

千鶴子は笑いながら指を二本立てた。そして、

「一つめ」と言って人差し指を折る。「出雲寺は、もちろん『怨霊の寺』。そして、上覚の父親の破戒僧は、鯰に身を変えられて出雲寺の、水も殆どなく光も差し込まないような場所に閉じ込められていた。そして、ここの問題は『鯰』」

「鯰……ですか」

「鯰というと、何を思い浮かべる？」

「地震です」

素直に答えた雅に、

「それは、どうして？」

千鶴子は突っ込む。

まるで水野の講義のようになってきた。

雅は、少し酔った頭で考える。きっと、ただの「昔からの言い伝え」という解答では許されないと思ったからだ。そして腕を組み、江戸時代に流行したという「鯰絵」などを思い浮かべていた時、ハッと閃いた。

「もしかして、鯰はその地震によって天地をひっ、い、い、い、い、くり返してしまうからですか!」

すると千鶴子は、

「そういうことだと思う」ニッコリと微笑んだ。「鯰や鰻《うなぎ》は、弁才天の神使《しんし》といわれてきた。つまり川衆《かわず》――虐げられている海神《わだつみ》や河童《かっぱ》だと。ここで言う『瓦《かわら》』は、もちろん河童たちの棲んでいる『河原《かわら》』のこと。その彼らを『大風』が救う」

「大風というと……?」

言うまでもないわ、と千鶴子は笑う。

「『一目連《いちもくれん》』よ」

「あっ」

雅は、ぐい呑みを落としそうになる。

一目連――素戔嗚尊とも比定される、産鉄民が信奉する神だ。

踏鞴《たたら》製鉄で長い時間、炉に燃える火を見続けたために、職業的に片目を失ってしまった産鉄民であり、つまり「一つ目」や「めっかち＝目鍛冶《めかぬち》」の神だ。

「一目連は」と千鶴子は続ける。「天目一箇神《あめのまひとつ》のこと。この神は大変な暴れ神で、別名を天津麻羅《あまつまら》神とも呼ばれている。こちらもまた鍛冶神で、『風』を司る神。これは当然よね。踏鞴製鉄には、鞴《ふいご》からの『風』が欠かせないから」

一目連は、いわゆる「天狗倒し」の突風でもあったと、水野からも教わった。頑丈な建造物も、あっという間に倒壊させてしまう大風のことだ。そしてこれらは全て、天狗＝猿田彦神にも繋がってくるのだと。

更に水野は「一目散《いちもくさん》」も、実はこの「一目連」から来ているのではないかとも言っていた。「一目連が散らす」あるいは「一目連参上」だと。確かに「一目散」は「逸散」で「脇目もふらず」であるなどという苦しい解説よりも、水野の説の方が素直に納得できる。

雅が無言で頷いていると、

「あなたは」と千鶴子がつけ加えた。「『ナマズ』という字を知ってる？」

「はい……」雅は首を傾げながら答えた。「魚偏《うおへん》に念ですけど、それが何か？」

「でもね、もともと『ナマズ』は、こう書いた」

千鶴子はノートに「鮎」と書き記した。

「それは、鮎《あゆ》じゃないですか」

「中国では、これがいわゆる『ナマズ』を表してる。『鯰』は日本固有の漢字。普通に『ナマズ』といったら『鮎』」

「どうして――？」

「これに関して『字統』では、単なる誤用だろうとしているけれど、沢史生がこう言ってるわ。

『わが国において鮎をアユと訓《よ》ませた根源には、ワダツミを肖ゆ《あ》（恭順・同化）させるための呪術的な希《ねが》いがこめられていた』

とね」

「呪術……」

「この話に関して今は深い考察は入れないけど、当時の朝廷は『ナマズ』『ワニザメ』『ウナギ』などは、海神――ワダツミの象徴と考えていた。だから敢えて『鮎《なまず》』を『アユ（肖ゆ）』と読ませたんだろうって」

「わざとですか……」

「私も、そう思う」千鶴子はぐい呑みを空けると、手酌で注いだ。「事実『書紀』を見る限り、彼らはもっと酷い言い換えも行っているし」

「じゃあ、この『鯰』という文字は？」

「魚偏に念――。そのままじゃないのかな」

「そのまま？」

「魚は綿津見。念は『怨念』『執念』の『念』でしょう」

「ああ……」

やがて、京野菜の漬物がたっぷりついた食事が運ばれてきて、それを綺麗に食べ終えた雅に、千鶴子が言った。

「あなた、随分と酒豪じゃない。まだ全然変わらない」

「いえ、そんな……」

「もし良かったら、この後、もう一軒つき合わない？」

「え」

「カウンターしかない狭い店なんだけど、なかなか美味しいカクテルを出してくれるバーがあるのよ。一人で良く行くの」

「はい」千鶴子が良く行くバーと聞いて、雅は即答する。「よろしければ、おつき合いさせていただきます！」

「じゃあ、デザートを食べたら行きましょう。そこはいつも暇そうだから、予約も必要ないと思う」

千鶴子は笑った。

＊

「いかがでしたか」

裕香は、京都山王大学からの帰り、助手席のシートにドカリと体を預けている瀬口に尋ねた。

「ああ」瀬口は、気のない返事をして目をつぶった。「確かに少し、引っかかるな」

「私もです！」裕香は片手で軽くハンドルを叩く。「朝言ったように、この事件には今までとは違った感触が——」

「また得意の霊感か」

目を閉じたまま苦笑する瀬口を、横目でチラリと見て、

「いえ、違います」裕香は答えた。「あの准教授です」

「彼女のどこが？」

「話の内容です。興味深く聞いてしまいましたけど」

「そうかね……」

実は瀬口も、おそらく裕香とは違う意味で加茂川准教授の事情聴取に関して、変な感触を抱いていたのだ――。

瀬口と裕香が、被害者の牧野竜也の家族や地元の友人たちからの聞き込みを終えて大学に到着した時は、キャンパスも閑散としている夕方になっていた。しかも、春休み期間中ということもあって、関係者の在校も数名だった。

瀬口たちは学生課を訪ね、竜也たちが入室しようとしていた民俗学研究室に連絡を入れてもらった。

教授の前田寛《まえだかん》は出張中で不在だったが、報告してあるので、明朝、こちらに戻って来る手はずになっているという。そのため前田教授からは、明日また改めて話を聞くことにした。

在室していたのは、准教授の加茂川瞳と、二年前から助手になった中沢麻衣《なかざわまい》と、彼女より二年先輩の畑山巧《はたけやまたくみ》の三人だけだった。

黒いスーツに身を包んだ、白面長身の加茂川准教授は、新進気鋭の学者で、次々に発表する論文は毎回と言って良いほど学界に一石を投じ、常に賛否両論の物議を醸しているらしかった。

ただ、肝心の森谷将太と牧野竜也に関しては、殆ど会話を交わしていないため、一番接点があると思われる中沢・畑山助手から話を聞いた。

ところが——こういう場合には往々にして良くあるが——二人揃って、彼らはとても真面目な学生だったという無難な回答しか返ってこなかった。友人関係なども特に問題なく、大きなトラブルなどは耳にしたことがない——。

現時点では、これ以上の成果は期待できないと判断して、瀬口が研究室を後にしようとした時、机の上に載っている論文に、ふと目を留めた裕香が、

「これは、加茂川准教授の論文ですね？」と尋ねると、題名を読み上げた。「『中世における呪《まじな》いとその実践——神道・古神道の呪術に関する考察——』」

はい、と加茂川は静かに答える。

「つい最近の」

私、と裕香は目をキラキラさせる。

「こういったことに、とても興味があるんです。いえ、もちろんオカルティックな意味ではなくて」

「そうですか……」

余り気乗りがしなそうな加茂川に、裕香は畳みかける。

「突然変なことを伺いますけど、准教授はもしかして、賀茂氏《かもうじ》と血の繋がりがおありなんでしょうか？」

「ええ……もちろん。表記は違っていますけれど、祖先は繋がっていると聞きました。賀茂氏の亜流だと」

何故か少し苛々と応える加茂川に、裕香は尋ねた。

「凄いですね！　あの賀茂氏ですか」

「はい……」

普通であればここは「事件とは関係ないことを話していないで、もう帰るぞ」と裕香を促す場面だ。だが、裕香の変な質問で、明らかに加茂川准教授の態度が変わった。白い能面に表情が浮かんだ。

そう感じた瀬口は、わざと裕香に尋ねた。

「あ、あ、あの賀茂氏、というのはどういうことだ？」

「警部補は」と裕香は楽しそうに答える。「安倍晴明《あべのせいめい》はご存知でしょう。賀茂氏は、彼の家と並ぶ一大陰陽師だったたんです」

「ほう……」

と頷く瀬口に、加茂川は答えた。

「晴明は、もともと賀茂家の弟子だったんです」

「それはまた」瀬口は素直に驚く。「初めて聞きました」

ええ、と加茂川は目を細めながら説明する。

「私たちの祖先である賀茂忠行《ただゆき》が、その才能を認めた愛弟子の晴明に、陰陽道の中の天文道を譲ったんです。それ以降、賀茂家と並んで安倍家が陰陽道——政治的にも朝廷の陰陽寮の中心的存在となりました。故に当時は『暦道《れきどう》の賀茂家』と『天文道の安倍家』。あるいは『安賀両家《あんが》』と称されていました」

「安賀両家、ですか……」

はい、と加茂川は首肯する。

「しかし、やがて賀茂家は男子が絶え、養子を取ることにも失敗し、永禄八年（一五六五）に断絶してしまった。それ以降は、安倍家——土御門《つちみかど》家が陰陽道を一手に引き受けることになりました」

「それで」と裕香が口を挟んだ。「陰陽師といえば安倍晴明、というイメージが残ったんですね。実際は、ずっと賀茂氏と二本柱だったにもかかわらず」

「はい」

静かに頷く加茂川に向かって、

「しかし」と瀬口は口を開く。「この場でこんなことを言うのも何ですが……。呪術というと、かなり『霊的』な部分があるのではないですか。当時の人たちはそういった呪術を、本心から信じてたんですかね」

これは、裕香への当てこすりもあったのだが、加茂川は真面目な顔で答えた。

「呪術や呪《しゅ》は、根本的に『言葉』です。今の警部補さんの発言は、人の発する『言葉』を信じられない、という意味になります。もっとも――」

加茂川は薄く笑う。

「警察の方は、それがお仕事なのでしょうけれど」

「確かに」瀬口も苦笑した。「だが、それをさっ引《ぴ》いても、どうも――」

「我々の遠い祖先の生命は」加茂川は瀬口を見る。「常に自然の脅威にさらされており、且つそれは、自分たちの力だけではどうすることもできない、苛酷な出来事でした。彼らに出来たことといえば、ただ一つ。その災害が通り過ぎるのをじっと耐えて待つだけでした。一刻も早く終わってくれと祈る。ここから『神』が生まれました。彼らは、日々の安らかな暮らしのために『神』を祀るようになったのです。これは『自然の精霊』と言い換えても良いでしょう」

大学の講義のようになってきた。実際、中沢・畑山助手の二人は、真剣に加茂川の言葉に耳を傾けている。

加茂川は続けた。

「この縄文時代的な自然崇拝は、大和朝廷のもとで神道の原形へと発展して行きました。やがて、継体天皇七年（五一三）、百済《くだら》から五経博士《ごきょう》が派遣されて、徐々に日本的な陰陽道が形成されていきます」

「難しいところですな」

「難しい？」加茂川は瀬口を見た。「難しい、というのはどういうことでしょうか？」

「……そのままですがね」

「『難しい』という言葉の意味は『理解しがたい』『困難である』そして『煩わしい・面倒だ』とありますけれど、今警部補さんは、どの意味でお使いになったのですか？単に、私の話が面倒臭いということですか」

「は……」

固まったままの表情の瀬口を置いて、

「そうでなければ、続けます」と加茂川は口を開く。「今言ったように、日本の呪術は主に『言霊』ですから。これは、私たちが普段から使用している『言葉』です。たとえば、友人の結婚式で新郎新婦に向かって『いつまでもお幸せに』とは言いますが、『いずれ離婚するだろう』とは言いません」

「そりゃあ、そうだ」

笑う瀬口に、

「何故ですか？」加茂川は、真剣な顔で尋ねた。「彼らがいつまでも幸せに暮らす確率と、やがて離婚してしまうであろう確率の高低差が、あなたに分かるのですか？」

いや、と瀬口は苦い顔で頭を掻く。

「そういう問題ではなく『離婚』なんていう、不吉な言葉を口にしては——」

「今、警部補さんは『不吉』とおっしゃいました。しかし、現実的に数多《あまた》の例を挙げるまでもなく、あっという間に離婚することもある。ところが私たちは、結婚式の場では決して口にしない。それが『言霊』なのです」

「ほう……」

納得したようなしないような瀬口の隣で、裕香が尋ねる。

「つまり、その呪——言霊を使ったものが『呪術』になるというわけですね」

「もちろん呪言だけではなく、実際にさまざまな技法が用いられます」加茂川は、少し苛々として答える。「今ここで、いちいち細かく説明はしませんが」

と言って話を打ち切りたかったようだったが裕香は、

「たとえば」と構わず続け、瀬口もそれをわざと放置した。「昔からある『てるてる坊主』もそうですよね。『明日天気になあれ』と言って……言霊？　ええと……」

「言挙《ことあ》げ」

「そうです」裕香はニッコリと微笑む。「言挙げしてから、坊主の人形《ひとがた》を軒先に吊す」

「てるてる坊主は、中国から『掃晴娘《サオチンニャン》』が移入されて変化したものです。長雨が続いた土地の少女たちが、雨が止むようにと祈って人形を門にかけたという習慣が、わが国に入って微妙に変わりました。日本では、いつの間にか『持衰《じさい》』となったのです」

「じさい？」

「『魏志倭人伝』です。倭人が船で海を渡る際には常に、喪に服している様子の男子を一人、同行させる。自分たちが無事に渡海できれば、彼にたくさんの褒美を与えるが、万が一災難に見舞われた時には、彼を海神への生け贄として殺す」

「えっ」

「てるてる坊主も、まさにそうですね」

と言ってから加茂川は、チラリと壁の時計に視線を送った。

「この慣習と合体したのです。童謡の歌詞にあるように、晴れたら甘酒をもらえるが、雨が降ってしまったら――首をチョンと落とされる」

「確かに！」

裕香は大きく首肯した。

「私たちは、それと知らずさまざまな『呪術』に関わってきているということですね。ただ、気づかないだけで」

「節分や雛祭りを始めとする日本の国の年中行事や慣習の殆どが『呪術』であると断定しても良いでしょう」

「つまりそれは――」

「もう、そこまでだ」

瀬口は割って入った。これ以上の話は、完全に今回の事情聴取から逸脱する。

それに、加茂川准教授は全てを正直に話してはいない。何かを隠している人間の取る態度だと感じた。具体的に何かは分からないが、瀬口たちに知られたくないことがあるのではないか。それが分かっただけで、今日のところは良い。

瀬口は長々と時間を費やしたお礼を述べ、またこれからの協力も要請して研究室を後にした――。

「変わった准教授でした」裕香がハンドルを握ったまま言った。「この国は『呪術』で満ちているなんて」

「そんなことは言っていなかった」瀬口は訂正する。「勝手に、自分の頭の中で増幅させるんじゃない」

「でも、似たようなことは言ってました」

「『似たようなこと』と『同じこと』は、まったく違う」加茂川の言い回しが移ったかのように言った。「それより、肝心の事件に関しては、どうなんだ」

はい、と裕香は顔を曇らせた。

「殆ど収穫がありませんでした……。明日の、前田教授の聴取に期待を——」

「だが、彼らと一番近い助手であの程度だったからな。教授となると、もっと情報が少なくなるかも知れない。それより……今日、同席していなかった、戸田助教はどうかな」

そうですね、と裕香は頷いた。

「そちらも明日、確認してみます」

しかし、翌朝。

下鴨神社・糺の森の大きな杉の古木の枝で首を吊った、京都山王大学民俗学研究室助教・戸田香の遺体が、地元の人間によって発見されることになる――。

*

雅は千鶴子に連れられて、先斗町を歩く。

決して広くはないメインストリートより更に細い路地を曲がると、奥まった場所に小さなバーがあった。

入り口のドアの上には、息を吹きかければ消えてしまいそうなほど小さな門灯が点り、ドアの中程に見えるレトロな造りの小さな曇りガラスの窓からは、柔らかい光が漏れていた。

ギッ、と軋むドアを押し開けて、雅たちは中に入る。

千鶴子の言う通り、八人掛けのカウンターが一台あるだけの小さな店だった。

いらっしゃいませ、というカウンターの向こうの初老のバーテンダー――マスターの声に迎えられて二人は進む。カウンターには、常連らしき中年の男性二人が、それぞれの席に腰を下ろしているだけだった。BGMはスローなジャズが、ようやく耳に届くほどの低い音量で静かに流れている。

背の高いスツールに並んで腰を下ろすと、目の前には色取り取りのラベルが美しく映えるウイスキーやジンやラムのボトルが、絵画のように並んでいた。

東京からやって来た自分の研究室の後輩だと千鶴子に紹介され、雅も「初めまして」と挨拶する。

千鶴子は「チェリーなしで」と言ってオールド・ファッションドを注文する。いつもの一杯らしい。

「あなたは？　ちなみに何でも美味しいわよ」

その言葉に一瞬考えたが、雅はジン・フィズを頼んだ。

「かしこまりました」

と答えてマスターは下がった。

一般的にジン・フィズは、どこの居酒屋にでも置いてあるような手軽なカクテルと思われている。レシピも、ドライ・ジンとレモン・ジュース、それに砂糖を少し加えてシェイクしてソーダで割る、という実に単純なものだし、女性受けしそうな甘いドリンクというイメージがあるせいだろう。

しかし実は、ジン・フィズを上手に作れるバーテンダーこそ一流、という話を聞いた（これも、大津で会った変わった男性との雑談の中でだった気がする）。

それを思い出して、急に頼んでみたくなった。おそらくこの店ならば、千鶴子の言葉通り、美味しいカクテルが飲めそうな感じがしたから。

カクテルが運ばれてくると、二人は改めて乾杯する。雅は、炭酸の弾けるグラスを口に運ぶと、一口飲んだ。

これは！

レモンの香りが口の中でソーダと一緒に弾け、爽やかでほのかに甘い。ジン・フィズと言われなければ、オリジナルのカクテルかと思ってしまうほどだ。

「美味しいです。とっても」

雅は正直に告げると、

「こういった場所でジン・フィズを注文されるお客様には、特に気を遣っています」

マスターは微笑んだ。「カクテル通の方しかいらっしゃらないもので」

いえいえ！　と雅はあわてて手を振った。

「私はカクテルに詳しくないんですけど——」

と言って、大津で聞いた話を告白する。するとマスターは、

「その方は、かなりカクテルにうるさいようですね」と笑った。「金澤さん同様に」

えっ、と雅は千鶴子を見る。

「金澤さんも、カクテルにお詳しいんですか」

「私？」千鶴子は、トロリとした目で雅を見た。「全然」

「だって今マスターが、カクテルにうるさいって――」

「何か勘違いしてるんじゃない」千鶴子は言う。「だって私、三種類以上のスピリッツやリキュールをカクテルしたお酒を頼んだことないから」

「だからこそ、こちらは大変なんですよ」

マスターは微笑んだ。

「まあ、いいわ」と言って千鶴子は雅に視線を移すと、グラスを掲げた。「今日は、久しぶりにとても楽しかった」

私こそ！　雅は、ペコリと頭を下げた。

「ありがとうございました。金澤さんにお会いできなかったら、肝心な場所を殆どまわれず、東京に帰らなくちゃならないところでした」

「そんなこともないでしょう」

「本当です！」雅は訴える。「行っても下鴨神社本殿くらいだったと思います」

するとマスターが「今日はどちらに？」と尋ねてきたので、雅は「はい」と言って答えた。

朝一番で亀岡の出雲大神宮に行き、市内に戻ってから、鞍馬口の猿田彦神社、上御霊神社。そこで道に迷っていたら千鶴子と出会い、そのまま出雲寺。出雲路橋を渡って下鴨神社、出雲井於神社、河合神社。出雲路幸神社——。

知らないうちに結構まわった、と自分でも驚く。

これも全て、千鶴子のおかげだ。感謝以外の言葉がない。

「そういえば……」千鶴子がマスターに尋ねる。「さっき下鴨神社で瀬口くん——瀬口警部補に会ったの。殺人事件ですって？」

「京山大《きょうさんだい》の男子学生が殺されたんだとか」カウンターの端に腰を下ろしていた常連客らしい中年男性が、教えてくれた。「文学部いうとったかな」

「京都山王大学ですか？」

千鶴子は驚いて男を見たが、その隣でもっとびっくりしていたのは雅だった。

京都山王大学といえば、雅たちの日枝山王大学の姉妹校ではないか！

東京の「日枝山大」、京都の「京山大」として親交を深め「日枝」「比叡」に関しての研究交流などを行っているので、雅も京山大の同学年生に何人か友人がいる。

「その学生の！」雅は思わず叫んでいた。「名前は、お分かりになりますか」

「確か……」

と首を傾げながら男性は、いくつか苗字を挙げたが、どれも雅の記憶にはなかった。半ばホッとし、しかしまだ胸をドキドキさせながら、雅は男性に姉妹校の話を伝えた。

そうなんですか、と男性はグラス片手に頷いた。

「その子は、この春に四年生になるらしゅうて、可哀想なことですな」

雅より一年下だ。多分、接点はない。

「でも……」千鶴子は一瞬絶句すると、険しい顔で「あの大学でね」と呟いた。

「金澤さんも」雅が尋ねる。「どなたか、お知り合いでも？」

「知り合いというほどじゃないけど」千鶴子は氷の音を立ててグラスを回した。「何度か顔を合わせたことのある、民俗学准教授がいる……」

「そうなんですね。じゃあ、その方も大変でしょうね」

それよりも、と千鶴子が眉根を寄せた。

「京山大といったら、この間も学生がホームから転落して、嵐山線の電車に撥ねられたんじゃない？」

「ああ、そうですね」マスターが答える。「ニュースになっていました」

「偶然かしら？」

「もちろん、偶然でしょう」マスターは苦笑する。「しかし、不幸は重なるといいますからね」

「確かに」千鶴子は言って、グラスを傾ける。「かなりの不運、不幸せだわね」

スローなジャズが店内に流れ、沈黙と共に時間が過ぎた。

雅はグラスを傾けながら思う。

不幸。

幸――。

その言葉で、ふと閃いた。

「あの。唐突なんですけど……ちょっと、よろしいでしょうか」

「どうぞ」

「さっきの出雲路幸神社は、道祖神でもある猿田彦神を祀っているから『塞《さい》神社』で、その『塞』を良い字である『幸』に変えたんだろうって最初は考えたんです。でも、ホテルに帰ってから、思い直したんですけど『幸』って『辛《つら》』いという文字に似てるじゃないですか。もしかしたら、そんな意味もあったんじゃないかなって」

そうね、と千鶴子は雅に向かって頷く。

「そもそも『幸』という文字自体にも――」

と言うと、目を見開いて口を閉ざしてしまった。

「な、何か？」

その様子に驚く雅の横で、

「ああ……そういうことだったのね」千鶴子は大きく嘆息する。そして雅を見た。「あなたやっぱり、面白い」

「は？」

「幸――幸神社よ」

「は、はい」

「今、やっとその意味が分かった」千鶴子は頭を振った。「頭から決めてかかると、こういうことになるという、良い教訓だわ」

「……というと？」

二人の会話が始まるのだろうと察したマスターが、男性客の方へ移動した。その後ろ姿を見送りながら、
今あなたが言ったように、と千鶴子は雅を見た。

「『幸神社』は間違いなく『塞神社』」

はい、と雅は頷く。

「境界を護り悪霊の侵入を防ぐ、道祖神の神社です」

「だから私も『幸神社』という名前は、単純に『塞』を『幸』に変えただけだろうと思っていた。元明《げんめい》天皇の、好《よ》い字をつけよという好字令《こうじれい》のように」

「違うんですか？」

「彼ら――朝廷の貴族たちを侮ってはいけない。彼らは、誰もがそう考えるだろうと思っていたのよ。でも、真実は違う」

「それは？」

身を乗り出す雅に、千鶴子は囁くように問いかける。

「『幸』の本当の意味を知ってる？」

「本当の……」

雅は眉根を寄せる。

千鶴子が、あえて「本当の意味」と言ったということは、単純に「幸せ」とか「喜び」とか「幸い」という意味ではないということだ。そこで雅は素直に、

「いいえ」

と首を横に振った。それを見て、千鶴子は口を開く。

「『字統』には、こうある。『幸』は『手械《てかせ》の形』と。『罪人を執《とら》えることを執、報復刑を加えることを報という』――とね。でも、それだけじゃない。私も今、気がついたんだけど」

と千鶴子は言う。

「もともと『幸』には、漁猟による獲物という意味があった。『山の幸、海の幸』というように。つまり、それら――山海の獲物や、敵の罪人を捕らえることこそが『幸』だった」

「あっ」

「貴族たちが、いわゆる『鬼』たちを捕らえて『美《い》し、美《い》し』と喜んだようにね。また、あなたが言った『辛』だけど、こちらの文字は『奴隷の額に入れ墨を』入れるための『針』の形からきてる」

「え……」

「あなたの直感は、正しいわ」千鶴子は言う。「幸神社は、ただ単に『塞』を『幸』に変えただけではない。良い文字に変換したと見せかけて、実は『手械』で縛った。塞の神たちが、ずっとその場所にいるように。つまり朝廷の人々は、それほどまでに塞の神――猿田彦神と天鈿女命《あめのうずめ》に対して、恐れおののいていた」

千鶴子はグラスに口をつける。

「猿田彦神に関しては、知っているわね」

はい、と雅は答える。

「それこそ賀茂――八咫烏や金鵄《きんし》にも比定される神で、天孫降臨の際に瓊瓊杵《ににぎ》尊を道案内したために、道祖神・衢《ちまた》の神といわれるようになり、その後は天鈿女命と結婚して、やがて伊勢に祀られました」

「伊勢国の、大いなる地主神になったというわけね――。でも『伊賀国風土記』逸文には、伊賀はもともと伊勢国に属していて、その伊勢国は猿田彦神が二十余万年にわたって治めていたと書かれてる。つまり、伊勢国は最初から猿田彦神の物だったと」

「もともと――ですか？」

そうよ、と千鶴子はあっさりと言う。

「彼が殺されたという話は知っている？」

「……いいえ」

雅は首を横に振った。しかし、もうそれほど驚かない。

朝廷の人々が恐れ、一所懸命に祀ったというのは、そういうことだから。

「やはり、殺されたんですね」

「天鈿女命にね」

「えっ」こちらは驚いた。「自分の奥さんにですか？」

目を丸くして尋ねる雅に、千鶴子は説明する。

「『書紀』神代下《かみのよのしものまき》第九段に、こうある。

『即《すなわ》ち天鈿女命、猿田彦神の所乞《こわし》の随《まにま》に、遂《つい》に侍送《あいおく》る』――天鈿女命が猿田彦神を送、、、、り届けた、と」

「送り届けた……」

「どこへ送ったかは、言うまでもないわね。伊勢国まで送ったのだとか言っている人もいるけど、そんなわけもない。『葬送』や『送り火』、そして『サネモリ送り』などの例を挙げるまでもなく、誰かを『送る』場所は、必ずいつでも彼岸――あの世、、、」

「ああ……」

「つまりこの記述は、天鈿女命による猿田彦神殺害を表しているということ」

千鶴子は、あっさりと言った。

いや。

確かにその通りだ。

むしろ「送る」という記述に関して、そのような解説が書かれていないことが、かえって信憑性を高める。おそらく当時の人たちにすれば、注釈を入れる必要もないくらい当たり前の話だったのだろう。

「そして」と更に言う。「天鈿女命も、殺害された」

「彼女も？」

「もちろん、何の文献もない」

千鶴子は笑った。

「でも、暗殺者を殺して口を封じるというのは遠い昔からのお定まりの手段だし、天皇家守護の宮中八神殿《はっしんでん》の第六殿に『大宮売神《おおみやのめ》』として祀られているのが証拠の一つね。また、市杵嶋姫命《いちきしまひめ》同様、大怨霊の宇迦之御魂《うかのみたま》神と同神ともいわれている。これらの状況証拠から、私は天鈿女命も猿田彦神と同じく、怨霊神だと考えてる」

カラリ、音を立ててグラスを空ける千鶴子の隣で、

〝なるほど……〟

物的証拠や資料もないから、論文にするには難しい。でも、今の千鶴子の説明で充分。

雅も、おそらく、それが真相だ。

ジン・フィズを空けて喉を潤した。

それを見ていたマスターが、

「何かお作りしましょうか」

と尋ねてくる。すると千鶴子は、

「じゃあ、いつも通り。ハルステッド・ストリート・ベルベットを」

耳慣れない名前を聞いた雅が「それは……？」と尋ねると、

「ビールとシャンパンを等量に注いだカクテルです」

マスターの答えに、雅は更に驚く。

「ビールとシャンパン！」

そうよ、と千鶴子は雅を見た。

「ブラック・ベルベット、というカクテルは聞いたことあるでしょう」

「名前だけは……」

「あれは、黒ビールとシャンパンを一対一。こちらは、普通のビールとシャンパン。上品なシャンパンと、ごく庶民的なビールのカクテルよ。あなたも飲んでみる？」

「はい！　いただきます」

やがて二人の前に、背の高いシャンパングラスに注がれた黄金色のカクテルが運ばれてきた。グラスの中では、細かい泡が無数に弾けている。冷えているうちに、と思い早速口をつけると、

〝美味しい！〞

目を見張ってしまった。

ビールの味は良く知っているし、シャンパンも——少しだけ——知っている。しかしこの「ビール＋シャンパン」の味は、全く想像できなかったほど美味しい。

「驚いた？」千鶴子もグラスに口をつけながら、雅を見て微笑んだ。「発想が素敵よね。海神《わだつみ》や鬼と朝廷の貴族の女性を結婚させたように」

「は……？」

雅たちがカクテルに舌鼓を打っていると、カウンターの常連たちが会計を終えて「じゃあ、また」と言いながら帰って行った。

店内の客は、千鶴子と雅の二人だけになる。

そこで雅は、

「あの……」と言って、ずっと訊きたかったことを尋ねてみる。「金澤さんは、二十年近く前に、水野研究室にいらっしゃったということでしたけれど——」

「まず」と千鶴子は微笑んだ。「きちんと自己紹介しておかないとね。私は、昭和四十一年（一九六六）生まれの四十一歳」

「え」雅は思わず、じろじろと見てしまう。「全然、そんな風には見えません！

私、最初にお見かけした時は、てっきり二十代の女性かと――」

「ありがとう」千鶴子は雅を見て微笑む。「ちなみに丙午《ひのえうま》だから、男性を食い殺す恐ろしい女性」

「それは迷信です」

「間違いなく俗信。八百屋お七が丙午だったという話も全くの間違い。でも――」

千鶴子は笑った。

「私に限っては分からない」

「そんなことも――」

「誕生日は九月十四日で、春日局《かすがのつぼね》の命日だし」

えっ、と雅は声を上げた。

「私と一日違いじゃないですか！　同じおとめ座ですね。『常に情熱を持って何事も手堅くこなす』『几帳面でクリエイティヴ』な、おとめ座です！」

そう、と千鶴子は微笑む。

「あなたの九星《きゅうせい》は？」

「六白《ろっぱく》金星です」

「そこは、ちょっと違ったわね。私は、七赤《しちせき》金星だから」

「何歳になっても可愛らしい女性の星、ですね」

「どうかな」千鶴子は苦笑した。「でも、相性は良いわね」

「嬉しいです！」

そして話題は、千鶴子が水野研究室にいた頃の話になり、御子神が大嫌いだったと言った。

雅と意見が合う！

しかも、御子神と大喧嘩になって研究室を辞めたのだとまで言う。千鶴子は御子神の一歳下だったので、最初はごく普通に接していたが、徐々に衝突するようになり、ついにある出来事がきっかけとなって爆発してしまったのだ、と——。

「彼は全く分かっていない。民俗学しか詳しくないし」

その出来事は！　と喉まで出かかった質問を呑み込んで、

「いえ……」珍しく御子神擁護派に回ってしまった雅は応えた。「そんなこともないと——」

「そんなことある」

酔いも手伝ってか、千鶴子は断定する。

「彼はまず、人間的に問題が多い」

それに関しては……否定できない。

研究室の入室が決まった際、きちんと挨拶に行った雅に向かって「雅」という文字は「烏《からす》」を表している、と表情一つ変えずに言った。しかも「烏」は「あの世からの使い」だとまで。

千鶴子は、ふと、遠くを見た。

「それに比べて、小余綾先生は素敵だった。民俗学だけではなく、歴史や伝統芸能にまで詳しかったし。というより、その方面も詳しくないと本質はつかめない」

「きっと、そうですね」

わが身を反省しつつ頷く雅に、千鶴子は言う。

「でも、それが原因で大学とぶつかったのよ。他の分野の教授たちと揉めてしまった。しかも、小余綾先生も引かないから」

千鶴子は苦笑しながら、グラスを傾けた。

良くあるパターンだ。

納得する雅に、千鶴子は尋ねる。

「彼——御子神は出雲を調べているって？」

「はい」

「どうせ分かりやしないわ。知識はあっても、本質をつかんでいないから。研究者としては、あなたの方が上ね」

「とっ、とんでもないです！」

本気で否定する雅を見て、千鶴子は微笑む。

「きっとそう」

「なっ、何を根拠に、そんなことを」

「素直だから。バカみたいに素直じゃないと物事を正しく見られない。バイアスが掛かっては、真実から遠くなる」

「はあ……」

あとは、と千鶴子は笑った。

「突拍子もない発想力かな。常識破り」

「えっ」

「これは、水野先生に通じるところもあるから、純粋に賞め言葉よ」

「あ、ありがとうございます――」

雅はドギマギとお礼を述べた。

そしてこれも、ずっと訊きたかったこと。

「あの……」と千鶴子の横顔に問いかける。「金澤さんは、現在どんなご研究をされているんですか？」

私？　と千鶴子は笑う。

「今は、特に何も」

「えっ。そうなんですね」

でも、と千鶴子は遠い目で続けた。

「以前は大嘗祭《だいじようさい》について調べていた」

「天皇の即位に伴う儀式ですか」

「正確に言うと、即位礼とは別物だけどね。でもまあ、そんなことに関して」

千鶴子はグラスを傾けた。

「院生時代に、平成の大嘗祭を見たのよ。今から約二十年前だから、あなたと同じ位の頃ね。そうしたら、疑問点が無数に湧いてきて」

「たとえば、どんな？」

「話し始めたら、そっちのテーマで夜が明けちゃう」

千鶴子は雅を見て微笑んだ。

「だから、折口信夫を始めとして、さまざまな資料を読みあさった。でも、読めば読むほど疑問が深くなっていった。でも折口の説も、その折口を全否定した岡田荘司《おかだしょうじ》の説も、あるいは岡田精司《おかだせいし》の説も、決して間違っていないと思うけど、本質を衝いていないと感じた」

「折口信夫もですか！」

雅は腰を抜かしそうになる。

「ということは、折口の言う、新天皇の儀礼としての真《ま》床《どこ》襲衾《おふすま》説も？」

うん、と千鶴子は無数に並ぶボトルを眺めながら答える。

「間違いではない。でも真実ではない」

雅は絶句する。

折口信夫どころか、折口を全否定した説にまで疑問を呈する？

凄い話になってきた。

「だから、私が通っていた大学の先生や知り合いにも訊いた」

「水野先生にも？」

「その頃は、まだ面識がなかったわ。でも、後から質問した。そうしたら、それはとても面白いですね、とニッコリと笑ってから、私に言ったの。そこから先は――」

二人で同時にハモってしまった。

「ご自分で考えてみてください」

クスクスと笑い続ける雅を見て、千鶴子は言う。

「それにしても、あなた飲むわね」

「いえいえ。金澤さんほどでは」

雅がわざと真面目な顔で答えると、千鶴子は笑った。

「明日は、どうするの？」

「部屋に戻ったら、もう一度全部見直して考えます。どこに行くべきかを」

「下鴨神社の近くに『赤の宮』という神社がある。正式名称を『賀茂波爾《かもはに》神社』。名前から想像がつくように『丹』に関係している神社ね。ここも面白いし、上賀茂神社の側には、やはり『幸』の名前がつく神社もあるわ」

「それはどこですか？」

「岡本幸神社《おかもとさいじんじゃ》——と読むらしいというほど、何も知られていない神社」

「本当ですか！」

「また、崇道天皇を祀る崇道神社の境内摂社に、やはり玉依姫《たまよりひめ》を祀る『出雲高野《たかの》神社』がある。『高野山《こうやさん》』を連想させる名称で素敵ね。しかも『出雲』だし」

「はい」

あとは、と千鶴子は視線を上げた。

「玉依姫が隠れ住んでいたという御蔭《みかげ》の森には、御蔭神社があるわ。下鴨神社の境外摂社で、賀茂別雷神が生まれた場所ともいわれてる。だから葵祭に先だって、毎年この神社で御蔭祭が執り行われる」

「後で早速、全部調べてみます！」

それなら……と千鶴子は頷いた。

「私がご案内しましょうか」

「そっ」雅は驚いて目を見張った。「それはとっても嬉しいですけど、そんなに甘えてしまって——」

私ね、と千鶴子はグラスを傾けながら、しみじみと言った。

「色々とあって、今お話ししたような研究を止めてしまっていたの。でも今日、あなたと知り合って、やっぱりもう少し続けてみようと思い直した」

「は……」

「あなたの姿を見て、叱咤されたような気がしたのよ。後ろ向きに歩いてばかりいちゃダメだって。あなたのように真摯に生きろって」

「私……何か言っちゃいましたか？」雅は急にドギマギする。「もしも、失礼なことを言ったりしてたら——」

「違うのよ」千鶴子は優しく微笑んだ。「『あなたの姿を見て』と言ったでしょう。言葉じゃないの」

「で、でも、私なんか、ただ縁結び——」

「ありがとう」

「いっ、いいえ！　そんな——」

「もしかしたらあなたは、そういう運命を担わされているのかも知れないわね」

「そういう、って？」

「自覚のないままに、周りの人を助ける」

そんなことないです、雅はあわてて否定する。

「かえって、周りのみんなの足を引っぱってばかりで。自分でも情けなくって」

ほら、と千鶴子は笑った。

「自覚がないでしょう」

「え……」

「どうする？」千鶴子は、雅の空いているグラスを見た。「もう一杯飲んで、帰りましょうか」

「はい……」

雅は頷いて、今度はブラック・ベルベットを注文した。

心地良い春の夜風に吹かれながら、雅は千鶴子と並んで京都の街を歩く。酔い覚ましに、のんびり歩いて帰ることにしたのだ。

千鶴子は言う。

「さっきの『丹後国風土記』逸文だけど、丹後国・天橋立《あまのはしだて》には『元伊勢』と呼ばれる、籠《この》神社があるわよね」

はい、と雅はさすがに少し怪しくなった呂律《ろれつ》で答える。

「一説では、天皇家と同じか、あるいはそれより古い家系を紡いでいるという……海《あま》部《べ》氏が代々奉斎している、丹後国一の宮です」

そう、と千鶴子は口を開いた。

「籠神社の主祭神は、彦火明命《ひこほあかり》。やがてこの神は、丹後——丹波国はもちろん、大和国までも治めるようになったという。この彦火明命の御子が、丹後国・真名井原《まないはら》に豊《とよ》受《うけ》大神を祀ったのが、籠神社の創祀といわれている。そして、この地方に伝わる民謡には、伊勢へ詣《まい》らば、元伊勢詣れ。
元伊勢、お伊勢の故里《ふるさと》じゃ。
伊勢の神風　海山越えて、
天の橋立　吹き渡る。

と歌われているし、『丹後国一宮深秘《じんぴ》』にも、籠神社は、

伊勢豊受宮外宮の本社なり

と、はっきり記されている。実際に本殿は伊勢神宮と同じ神明造りで、鰹木《かつおぎ》の数も、伊勢神宮と同じく十本。これは、他の神社では殆ど見られない多さね」

「確かに……」

全ての神社の本殿に鰹木が載っているわけではない。しかし鰹木を載せている神社では、その数は三から五、六本。

そういえば、三種の神器の一つ、草薙剣《くさなぎのつるぎ》を祀っている名古屋の熱田神宮は、確か

十本だったか……。とにかく、そういうレベルの神社というわけだ。

「更に」と千鶴子は言う。「本殿、高欄の上には五色の座玉《すえたま》――黒・青・黄・赤・白の玉が飾られていて、これらは『伊勢神宮と同じ社格を表している』のだという」

千鶴子はこんなに飲んで、殆ど乱れない。いや、かえって理路整然としてきているのではないか。

内心驚きながら、

「まさに『元伊勢』の名称そのままですね。でも――」雅は首を捻った。「それらの話が、出雲に関わってくるんでしょうか？　これはあくまでも、伊勢の話なのでは」

「出雲はね」千鶴子は、ふと遠くを見る。「伊勢と不可分だと思う。いえ、これは神話のレベルということではなく、現実的に。だから出雲を論究するためには、伊勢をきちんと知らなくてはならない。伊勢を探究するためには、出雲を熟知していなければならない」

「伊勢……ですか」

「『書紀』の崇神《すじん》天皇六年の条を知っているでしょう」千鶴子は、トロリとした目で雅を見た。「人々が、都から離れて行って――つまり、逃亡してしまったという話」

はい、と雅も（多分少しユラユラしながら）頷いた。

　今朝、出雲大神宮で確認したばかりの部分だ。

「ええと……都に疫病が流行って、民衆が大勢命を落とした。そこで彼らは他郷に逃げ出してしまい、留まっている者たちは、朝廷に反逆した」

　そう、と言って千鶴子は口を開いた。

「『百姓《おおみたから》流離《さすら》へぬ。或《ある》いは背叛《そむ》くもの有り。其の勢《いきおい》、徳《うつくしび》を以《も》て治めむこと難《かた》し』――」

　時おり桜の花びらが舞う、京都の夜。

　絵のように白く美しい千鶴子の横顔。

　このシチュエーションでは、まるで詩吟の朗詠か能の謡《うたい》を聞いているようで、雅は目を瞬かせた。

「そこで崇神天皇は」千鶴子は、雅の思いを気に掛けることなく続ける。「これは、神威の強すぎる天照大神と倭大国魂《やまとのおおくにたま》が、天皇のいらっしゃる殿中に一緒に祀られているためだといって、二柱の神を朝廷から追い出してしまう」

「天照大神と大国主命ですよね……」

「その辺りも、本居宣長を始めとして、色々あるけど、今はそうしておきましょう」

　でもね、と千鶴子は雅を見た。

「私はここも、日本国の歴史の中でとっても重要な部分だと思うの。もしかしたら、大嘗祭の謎にも関わってくるかも知れないような」

「えっ」雅は驚いて躓きそうになった。「大嘗祭ですかっ。どういうふうに？」

「それは……」千鶴子は肩を竦めて笑った。「まだ分からない。何となく、そう感じただけ。さあ——」

千鶴子は、明るいホテルを指差した。

「あなたのお宿に、到着したわよ」

「あっ、ありがとうございます。何から何まで」

殆ど直角にお辞儀する雅を見て、

「いいのよ」千鶴子は笑った。「言ったでしょう。お礼を言わなくちゃいけないのは私の方だって。じゃあ明日の朝、九時にロビーで」

そう言い残して軽く手を挙げると、半ば呆然と見送る雅を残し、千鶴子は夜の街に消えて行った。

《問答雲は夢にも》

昨夜は、さすがにちょっと飲み過ぎたかも。

カクテルが美味しかったのはもちろん、千鶴子の話がとても興味深かった。さすが、元水野研究室生。一般世間の常識とのギャップが素晴らしい。

微かに痛むこめかみを押さえながら、雅は朝食バイキングの席に着いた。トマトジュースとグリーンサラダにヨーグルト。トースト一枚とブラックコーヒー。

これで朝食は充分。

トマトジュースを一息に半分ほど飲むと、体が少し目覚める。

雅はサラダにフォークを伸ばしながら、早速資料を広げた。昨日の怒濤の展開は全く予想していなかったし、突然まわることになった「賀茂」に関しては何も手元になかったので、ホテルのパソコンを借りてインターネット情報を打ち出した。

それにしても、上賀茂・下鴨の周囲に、あれほどたくさんの「出雲」が存在しているなんて思ってもいなかった。しかも、下鴨の境内にも立派な「出雲井於《いのへ》神社」が鎮座していた。「賀茂」も「出雲」と、かなり関連が深そうなことが判明したので、千鶴子に会うまでに、もう一度基本的な情報を確認しておかなくてはならない。

　雅はサラダを口に運ぶ。

　まずは『山城国風土記』逸文「賀茂の社」だ。

「賀茂の建角身《たけづのみ》の命、神倭《かむやまと》石余比古《いわれひこ》の御前《みさき》に立ちまして、大倭《やまと》の葛木山《かつらきやま》の峯に宿《とどま》りまし、（中略）その川（瀬見《せみ》の小川）より上りまして久我《くが》の国の北の山基《やまもと》に定《しずま》りましき。その時より名づけて賀茂といへり」

――神武東征の際に、熊野から大和への道筋を先導した賀茂《かも》建角身《たけつぬみ》命（八《や》咫烏《たがらす》）が、現在の「賀茂」へとやって来た経緯が書かれている。

　この八咫烏は、中国では金烏《きんう》と呼ばれ、太陽の中にいると想像された三本足の烏だ。しかしこの烏も、わが国に渡って来てからは、朝賀即位の時などに幢竿《はたざお》の先端に「金烏」として据えられた。これは、八咫烏による神武の道案内に対する顕彰の名残だとされている。

　その一方――。

「八咫」という言葉は、もともと「ヤアタ」であって、それを約して「ヤタ」と読んだ。ところが「咫」は漢音・呉音ともに「シ」と読む。これは、中国古代王朝の周における尺度で「咫」は約八寸の長さになる。「咫」を「アタ」や「タ」と読むのは、あくまでも和訓だという。

そうなると、この「アタ」と「タ」に引っかかる。

水野の説によれば「海神《わだつみ》・綿津見《わたつみ》」からきている言葉だったはず。後できちんと確認しなくてはならないが、取りあえず携帯で調べられるところまで見る。すると、

「方言で『ヤタ』というのは、稲穂のワラ屑（飛騨・滋賀・三重）、もみ殻（静岡・岐阜）、雑魚の隠れ場所（兵庫）云々……である。また、テキヤ言葉では、膏薬のことを『ヤタ』と称した。どこにでもやたらに、ペタペタ貼りつくからである。彼らの隠語では、『ヤタ』は『二股膏薬《ふたまたごうやく》・内股膏薬《うちまた》』とも呼ばれていた」

とあった。

雅は眉根を寄せる。

〝「八咫烏」って、余り良い意味では使われていない……〟

いや、余り良い意味どころか、むしろ貶されている。

しかし歴史上では、神武天皇を先導して「金烏」に擬《なぞら》えられ、下鴨神社では主祭神の一柱として祀られるほど尊敬されているのではないのか。

〝おかしい……〟

雅は顔をしかめながら、トーストをかじった。

その「八咫烏」――賀茂建角身命が祀られている「賀茂」の大祭である葵祭には、わざわざ天皇が勅使を送る。ゆえに、京都・石清水《いわしみず》八幡宮の「石清水祭」、奈良・春日大社の「春日祭」と並んで「日本三大勅祭」として知られている。それほどまでに、朝廷から重く見られてきた。

それだけではない。

鎌倉時代以降は断絶してしまっているが、上賀茂・下鴨には伊勢神宮同様に、斎王《さいおう》(賀茂では斎院《さいいん》)が送られていた。

日本で、伊勢と上賀茂・下鴨の、たった三社だけだ。

斎王というのは、天皇即位に際して、それぞれの神社に奉仕した内親王または皇族の女性で、未婚であることが絶対的条件だった。またその役にある間は、他の男性と関係を持つことは許されず、ひたすら神に奉仕する役割を担うもので「いつきのみこ」とも呼ばれた。

賀茂におけるこの慣習の始まりは、平安初期から、第八十二代・後鳥羽《ごとば》天皇皇女の礼子《れいし》内親王まで、代々にわたって続けられた。中でも最も有名な賀茂の斎院は、第七十七代・後白河《ごしらかわ》天皇皇女で、病を得て退下《たいげ》するまで務めた『新古今和歌集』時代の女流歌人・式子《しきし》内親王だろう。

彼女は非常な才媛であり、藤原定家《ていか》が彼女に憧れを抱いていたことは有名で、能の題材にもなっている。定家は『百人一首』に式子内親王の、

玉のをよ絶《たえ》なばたえねながらへば
　忍ぶる事のよはりもぞする

の歌を選んで載せ、自分の歌と呼応させている。

この『百人一首』に関していえば、藤原家隆《いえたか》の、

風そよぐならの小川のゆふぐれは
　みそぎぞ夏のしるしなりける

の歌が、上賀茂神社を流れる御手洗川を詠んだことで有名で、「ならの小川」と名づけられた小川が、今も境内を流れている。更に、藤原兼輔《かねすけ》の、

みかの原わきて流るるいづみ川
　いつ見きとてか恋しかるらむ

の歌に詠まれた「瓶原《みかのはら》」には、賀茂建角身命が一時期滞在していた。現在その場所には、彼を主祭神として祀る「岡田《おかだ》鴨《かも》神社」が鎮座している。つまりそこは、元下鴨神社ということになる。

ここで、定家撰の『百人一首』には、上賀茂神社、(元)下鴨神社、更に「斎院」である式子内親王の歌が揃ったことになる。定家のことだ、そこまで計算したはず。

そして歴史学者の角田《つのだ》文衞《ぶんえい》によれば、

「これらの斎王に仕えた女房たちにも才媛が多く、紫式部が強い対抗意識を燃やした中将、また『狭衣物語』の作者として知られる六条斎院の宣旨《せじ》のように、傑出した女流歌人の存在が認められる」

というように「斎王」「斎院」の周囲では、歴史的文学サロンが形成されていたよ

うだ。

〝それは良いとして……〟

一つだけ気になる点がある。

それは、前回の出雲でも登場した「櫛」だ。

伊勢神宮に旅立つ内親王や女王の髪に、天皇自らが挿した「別れの御櫛《みぐし》」。

素戔嗚尊の別名とされる「櫛御気野命《くしみけぬ》」。

后神である「奇稲田《くしなだ》姫（櫛名田比売）」。

籠《この》神社主祭神の「天照国照彦火明櫛玉饒速日命《あまてるくにてるひこほあかりくしたまにぎはやひ》」。

下鴨神社祭神の一柱「玉依姫」「瀬織津姫」とも同神といわれている「玉櫛姫」などなど。全員が、朝廷に刃向かった神々だ。

その象徴ともいえる「櫛」を「別れ」の印として内親王の髪に挿す。

これは、非常に不吉な慣習ではないのか？

〝ちょっと待って……〟

雅は右手の指で額を軽く叩く。

昨夜、千鶴子が気になることを言っていた。

伊勢国は最初から猿田彦神の物だった——と。

その猿田彦神は天鈿女命によって暗殺され、しかも天鈿女命自身も、朝廷に殺された――と。

そうであれば、間違いなく伊勢国は、とても不穏な空間になる。朝廷はそこに、自分たちの祖神である天照大神を祀り、その上「不吉な櫛」を与えた天皇皇女を斎王として送り込んだのか？

何故……。

雅は頭を振りながら立ち上がると、二杯目のコーヒーを淹れて再びテーブルに戻った。そして、コーヒーカップをカチャリと置いた瞬間、

〝あっ〟

と閃いた。

もしかすると、根本的に間違っていたんじゃないか。

元出雲――出雲大神宮で見た風景が、頭の中に蘇る。

林の中にポツリと単独で祀られていた社の祭神、第十代・崇神天皇。

昨日、出雲大神宮で確認し、千鶴子との会話の中でも出た『書紀』崇神天皇六年の条を、頭の中で反芻する。

その年。大勢の人々が逃亡したり、朝廷に対して反逆を試みたりした現状に窮して

しまった天皇が神に問うと、それは天照大神と大国魂神の二神を、天皇の御殿に祀っているためだといわれた。余りにも畏れ多いというのだ。そこで天皇は、この二柱の神々に宮廷から退去いただくことにした——。

出雲の神である大国魂神に、退出していただくことは理解できる。その際に、役目を仰せつかった渟名城入姫命《ぬなきのいりびめ》は、

「髪落ち休瘦《やすか》みて祭《いわいまつ》ること能《あた》はず」

——髪が落ち、痩せ衰えて祀ることができなくなってしまったが、亀岡に出雲大神宮が、何とか創建（再建）されることになった。

でも、天照大神は天皇家の祖神だ。祖神を自らの家に祀ることが「畏れ多い」はずもない。しかもその後に「退去いただく」——追い出したなどと。

その結果、天照大神は垂仁《すいにん》天皇皇女・倭姫《やまとひめ》と共に、六十余年あるいは九十年かけて、各地を二十四ヵ所も転々とする羽目になり、ようやく伊勢国に落ち着くことができたのだ。

自分たちの祖神に対して、そんなことをするだろうか。

先祖の位牌や代々の仏壇を、誰かに託して家から追い払う？

考えられないようなことを、崇神天皇は行った。

〝ということは――〟

雅は眉根を寄せる。

〝天照大神は、天皇家の祖神ではない〟

彼女が何者なのかは判然としないけれど、少なくとも天皇家の祖ではない。彼女は、大国魂神や素戔嗚尊という「出雲」の神々に近い場所にいた神だ。

そう考えると、島根の出雲に行った際に立ち寄った日御碕《ひのみさき》神社で、天照大神を祀っている社が「日沉宮《ひしずみのみや》」だったことも理解できる。太陽神であるならば「日昇る」宮に祀るのが常識だろう。ところが「日沉宮」。しかもこの「沉」という文字には「沈める、埋める、隠す、隠れる」などという不穏な意味が多々ある。

雅の頭の中で、ドミノ倒しのように話が繋がって行く。

つまり「天照大神」は『書紀』崇神天皇条に書かれているように、天皇家の祖先どころか、朝廷にとって全くありがたくない神だったのだ。

そういえば、以前に水野も言っていた。

〝ぼくは、天照大神は日本を代表する怨霊神の一柱と考えているんですけれど、きみもそう思いませんか〟

〝天照大神は、疑いようもなく大怨霊です。この事実が『記紀』の記述との間で矛盾を生じているとするならば、きっとそれは、どこかの部分で虚偽が書かれ、真実が糊塗されているからでしょう〟

その時水野は、その理由は自分で考えてみてくれと言った。今はまだ、そこまでは分からないけれど、ここまではおそらく間違いない。

でも、何かそれを裏づけるような話はないか……。

〝ある！〟

雅は、ぬるくなったコーヒーを、ごくりと飲んだ。

それこそが、今の斎王・斎院だ。

雅は携帯で検索する。そこには、

「斎宮。元来は天照大神に奉仕するため、身を浄める場所を斎宮というのだが、転じて伊勢神宮に仕える未婚の皇女、または女王の称となった。斎王ともいう」

これだ。

「斎宮の起こりは古く、書紀によると崇神天皇の六年に、皇女・豊鍬入姫《とよすきいりひめ》をして、それまで宮廷内にあった天照《あまてる》神を、大和の笠縫邑《かさぬいのむら》に祀らしめたのに始まるとされる」

やはり、これが嚆矢。

ここから斎王・斎院の歴史が始まっていった。

また、斎王が伊勢に赴く際には、京都・嵯峨《さが》の野宮《ののみや》で、一年間を精進潔斎した。現在の野宮《ののみや》神社だ。『源氏物語』「賢木《さかき》」の巻にも登場するし、能にもなっている。ところが雅はそれに続く文章を、思わず二度見してしまった。そこにはこう書かれていたのだ。

「当時その一帯は死体遺棄場であった。死穢死臭の充満するところが、果たして潔斎のための聖地であり得たろうか」

〝死穢……死臭〟

確かに「精進潔斎」とは、ほど遠い環境だ。どうしてそんな場所が選ばれたのだろう。まるで、死の国に向かう黄泉比良坂《よもつひらさか》の入口のような場所だ。

更に。

天皇は、伊勢に向かう斎王に対して必ず内勅《ないちょく》——内々の勅《みことのり》を下した。それは、

「京の方に赴き給ふな」

というものだったという。

まさか天皇が、自分の皇女に向かって「給ふ」などという尊敬語を用いるわけもないので、当然、天照大神への言葉だ。そもそも斎王は、伊勢で大事なければ、式子内親王のように時を経て京に戻って来ることができたのだから。

そして斎王は「別れの御櫛」と共に伊勢へと下った。

つまり、朝廷はそれほどまでに天照大神を恐れていたことになる。そうであれば「斎院」が遣わされていた賀茂の神々も、それほどの脅威の対象だった……。

雅は、すっかり冷めてしまったコーヒーを飲み干した。

朝廷の人々は、どうしてそこまで伊勢や賀茂の神々を恐れていたのか？

答えは簡単。

彼らが大怨霊だったから。

そして、その原因を作ったのが自分たちだったから。

〝何ということ……〟

雅は軽く頭を振ると立ち上がって、朝食のテーブルを後にした。

部屋に戻って出かける支度を始めた時、携帯が鳴った。ディスプレイを見れば千鶴子だ。今日の予定の変更かと思い、急いで電話に出る。

「おはようございます！」

と挨拶して、昨日のお礼を伝え終わると殆ど同時に、千鶴子は予想通り、申し訳ないけれど予定を変更して欲しいと言う。行かなくてはならない所ができたらしい。

「はい」と雅は快く承知した。昨日あんなにつき合ってもらって、これ以上は申し訳ないくらいだ。「今日は——出雲寺みたいな場所でなければ——一人でもまわれると思いますから、大丈夫です」

「ごめんなさい」千鶴子は真面目な声で謝る。「これからすぐに、下鴨に行かなくちゃならないから」

「下鴨神社ですか。どうしてまた——」

「朝のニュースは見た？」

「いいえ、まだ」

「下鴨で、事件があったらしいのよ」

「ちょ、ちょっと待ってください」

雅はあわててテレビに駆け寄ると、ニュース番組にチャンネルを合わせる。すると千鶴子の言う通り、糺の森をバックに、現地のレポーターが何やら喋っていた。それによると、早朝の糺の森で、戸田香《とだかおり》という女性が首を吊って亡くなっているのを、地元の人によって発見されたのだという。

「本当です！」雅は画面を見ながら叫んだ。「今度は、自殺のようだと言っています」

「私、その女性を個人的に知ってるのよ」

「えっ」

「京山大の民俗学研究室助教」

またしても、京都山王大学関係者？

すると、レポーターもその話をした。ここ数日で、京山大関係者が三人亡くなっている。最初は事故。次に殺人。そして自殺。それが全員、京山大関係者とは余りにも不審です。果たしてこれらの事件は、全くの偶然なのでしょうか？

レポーターが言って、テレビカメラが瀬見の小川方向にパンすると、紺色の制服に身を包んだ鑑識たちに混じって、知っている顔の二人が映った。

「瀬口警部補が！」雅は言った。「裕香さんも一緒です」

「当然、瀬口くんの担当でしょうね」千鶴子は冷静に答える。「ちょうど良いわ、行ってくる。だから、申し訳ないけど今回は――」

「私も、ご一緒してもよろしいでしょうか！」

「え……」

いいえ、と雅は言う。

「金澤さんにきちんとお礼を言いたいですし。あと、ちょっと気がついたこともあるので、それに関しても……」

そう、と千鶴子は一瞬考えた後で続けた。

「私へのお礼はともかくとして……あなたが行きたいというなら、止める理由は何もないわね」

「お願いします」雅は訴える。「今からすぐに支度して向かいます」

「分かったわ」千鶴子は苦笑しながら答えた。「到着したら電話して。私は瀬口くんと一緒にいると思うから」

「はいっ」

雅は頷くと、大急ぎで荷物をまとめた。

チェックアウトを済ませて、雅はバス停に向かった。ここからバスに乗ってしまえば、十五分ほどで下鴨神社に到着できる。

しかし。

京山大で、一体何が起こっているんだろう。

テレビのレポーターは「全くの偶然」という言葉を使っていたが、そんなわけもない。雅には与り知らぬ場所で、何かが起こっている——。

やって来たバスに乗り込むと、雅は空いている席に腰を下ろして、千鶴子に会うまでに目を通しておこうと思った「上賀茂・下鴨」の根本、賀茂氏《かもうじ》に関する本を広げた。そこには、賀茂氏にもいくつかの流れがあると書かれていた。大きく分ければ「天神《あまつかみ》」と「地祇《くにつかみ》」。そして、備前《びぜん》鴨と呼ばれた加茂氏など、その他の人々になるという。しかしその点に関しては、きっちりと線引きできるわけではない。たとえば、かの「秦《はた》氏」にしても「新羅《しらぎ》系」と「百済《くだら》系」という、相反する氏族が混在していたというから、微妙に混じり合いながら存在していたはずだ。

その辺りの話に関して、歴史学者の田中卓《たなかたかし》や、所功《ところいさお》の話を要約すると、このようになる。

「天神系」の賀茂氏は、もともと熊野の周辺に暮らしており、神武東征に際して天皇を先導した。これが八咫烏——賀茂建角身命たちだ。彼らは神武たちと共に大移動して、大和盆地の西南部・葛城《かつらぎ》（葛木）までやってくると、大物主神（三輪神）とも繋がりのあった「地祇系」の賀茂氏と合流する。ちなみに現在、奈良・御所《ごせ》市には高鴨《たかかも》神社（上鴨社）、葛木御歳《みとし》神社（中鴨社）、鴨都波《かもつば》神社（下鴨社）が鎮座している。

しかし、賀茂氏はその場所に定住することはできず、京都・木津《きづ》川を経て「葛野河（桂川）と賀茂河の合ふ所」——瀬見へと移動した。上賀茂・下鴨だ。

この流れの中で、いつ交流があったのか分からなかったが、八咫烏である賀茂建角身命の娘神・玉依姫命《たまよりひめ》は、伝承のように大物主神との間に、火雷《ほのいかずち》神である賀茂別雷神を生み、それぞれ上賀茂神社・下鴨神社の主祭神となり、賀茂県主《あがたぬし》として、現在まで続いている。

一方の「地祇系」賀茂氏は、陰陽師・賀茂忠行《ただゆき》、保憲《やすのり》らを輩出したものの、やがて断絶してしまった——。

そこまで目を通した時、下鴨神社前に到着して、雅はあわててバスを降りた。

糺の森の表参道は、下鴨神社と警察関係者に加えて、事件を知らずにやって来た大勢の参拝者、知っていてやって来た野次馬などでごった返していた。その中を、雅は荷物を抱えて、立ち入り禁止テープが張られた現場近くまで一直線に進む。

すると人混みの中に、スラリとした姿の千鶴子がいた。さすがに表情が硬い。

千鶴子が喋っているのは、瀬口警部補と裕香巡査だ。電話をするまでもなく、雅はそちらに向かう。

すると、その姿をいち早く見つけた瀬口は、あからさまに迷惑そうな表情を見せたが、千鶴子が大きく手招きしてくれたので、雅は三人に近づく。千鶴子も、今日たまたまここで待ち合わせしていたのだと言い訳してくれたので、雅も肩をすぼめながら三人の輪に入ることができた。

縊死したのは、千鶴子の顔見知りの京都山王大学民俗学研究室助教で、間違いないようだった。昨夜遅くか今日未明に、糺の森の中で首を吊ったらしい。その助教と千鶴子は、京山大の加茂川准教授を通じて知り合いになったのだという。昨夜話していた、民俗学の准教授のことだ。

何年も前に千鶴子が地元に戻った時に、かなり面白い論文を発表している京山大民俗学研究室の新進気鋭の女性がいるという噂を聞いて、人を介して会った。年齢も近かったし、同じ女性民俗学者ということで意気投合し、その後も何度か会食したが、その際に必ず同席していたのが、今回亡くなった戸田香だった——。

「こんなことになってしまって」と千鶴子は悲痛な表情で言った。「本当に自殺だったの？」

「本当に、と言うと」

じろりと睨む瀬口に、千鶴子は言う。

「発作的に、というのならともかく何か……違和感が」

「どんな？」

「彼女は確かにいつも周囲に気づかいをしていたけれど『自分』を持っていた気がす

る。

「本当は、気が強かったというようなことですか？」

ええ、と千鶴子は眉根を寄せた。

「意外としっかりした女性のような気がしたから。遺書はあったんでしょうか？」

「いいえ」裕香は首を横に振った。「まだ、見つかっていません。なので府警としても、今のところ自殺とは断定できていません」

「おい、こらっ」

押し留めようとする瀬口を無視するように、裕香は千鶴子に尋ねる。

「最近、戸田さんとお会いになったことはありますか？」

いいえ、千鶴子は首を横に振った。

「一年ほど前に加茂川准教授とお食事した時、その場にいらっしゃいましたけど、その後は全く……。この事件のことを、加茂川准教授には？」

「もちろん伝えた」瀬口が答える。「朝一番で駆けつけて来たが、さすがにショックだったようで、今は社務所で休んでいるはずだ」

「心配ね……。できれば、後でご挨拶に」

ええ、と裕香が応えた。

「すぐに研究室の前田教授も、お見えになるそうです」

「前田教授も、こちらに？」

「はい」

と答えた裕香を瀬口が、じろりと睨んだ。

「またそういう余計なことを――」

「でも、当然金澤さんは、前田教授ともお知り合いなんでしょう？」

「ええ」と千鶴子は頷いた。「加茂川准教授とご一緒に、一度だけお目にかかったことがあります」

「その時は、戸田さんも？」

「もちろん」

「本当に、いつもご一緒だったんですね」

「公私にわたるベスト・パートナーだったんでしょうね。大学が休みの時も、観劇や博物館へ一緒に行ったりしているというようなお話をされていましたし……」

一心同体のよう……と雅が思っていると、裕香の携帯が鳴った。

「加茂川准教授からです」

裕香は瀬口に告げると応答する。

「――了解です。今からそちらへ向かいます」

携帯を切って、瀬口に言う。

「ご自身の体調も落ち着き、たった今、前田教授も到着されたということでした」

「じゃあ、行こう」

雅たちに背を向けそうになる瀬口たちに、

「ちょっと瀬口く――いえ、瀬口警部補」千鶴子はあわてて言い直す。「私たちも、ご一緒してよろしいかしら」

「私たち？」瀬口は千鶴子を、そして雅をじろりと見た。「きみはともかくとして、そちらの彼女もか」

「彼女の大学と姉妹校である京山大の前田教授のお知り合いの、東京日枝山王大学・水野教授の研究室生ですから」

微妙な紹介をする。

しかも、

「彼女からも、お話ししたいことがあるようですし」

と告げた。

えっ、と心の中で驚いている雅を見て、

「……分かった」瀬口は頷いた。ここで口論になっても時間を無駄にするだけだと判断したのだろう。「全員で行こう」

早足で歩き出した瀬口の後ろで千鶴子は雅に向かって軽くウインクすると、優しく手招きした。

瀬口たち二人から少し遅れて歩きながら、千鶴子は雅に小声で言う。

「あなたに言われたから、昨夜、改めて確認したの」

え？　と雅は尋ね返す。

「何をですか」

「もちろん、あそこの境内に建っている、出雲井於《いのへ》神社の『井於』」

「分かったんですか！」

「分かったも何も」千鶴子は、脱力したように苦笑した。「きちんと『字統』に載っていたわ。先入観や、昔からの言い伝えには注意しなくちゃならないということは、私も充分に認識していたつもりだったんだけど」

「それで、どうだったんですか」

歩きながら身を乗り出してくる雅に、

「ええ」と千鶴子は答える。「『井於』の『井』は『罋《みずくみがめ》の象《しょう》なり』——これは、そのままね。でも『井』には、もう一つの意味があった」

「それは？」

「『首や足に加える枷《かせ》の形、人や獣を陥れる陥穽《かんせい》の形』『井も刑の義に用いる』」

「手枷足枷の『枷』！」

足枷の形はともかく、首の「枷」はリアルに想像がつく。

ぞくっ、とする雅に向かって千鶴子は続ける。

「『於』に関しては、こう書かれていた。『烏《からす》の羽を解いて、縄にかけわたした形。烏は死烏の全形、於はその羽を解いて縄にかけわたした形で、これを耕作の地に施して、鳥害を避けようとしたものであろう』——とね」

「カラス——死烏の羽をかけわたして鳥害を避けるって、もしかして……」

「そう。案山子と同じような意味ね」千鶴子は軽く微笑む。「でもその他にも、『悲しみの余り、心が晴れ晴れしない』とあった」

「悲しみの余り……」

ええ、と千鶴子は前を向いたまま首肯した。

「『井於』は、ただ単に『川のほとり』などという意味じゃない。本当にそんな意味だけなら、あなたが言ったように、日本全国にもっと沢山あってもいい。つまり、この『出雲井於』は、首や足に枷を掛けられて、死鳥の羽がかかった縄をめぐらされ、悲しみに心が晴れることのない『出雲の神』を祀っているということになる」

「素戔嗚尊を！」

「だから、周囲の木々が全て『柊』——『疼《ひらき》』になるというわけ。全ての話が一貫しているわ。さすが、やるわね賀茂氏《うじ》」

「賀茂氏って、賀茂氏がそんなことを？」

「あの神社は『葛野主殿県主《かずののとのもりのあがたぬし》』が奉斎したといわれているからね。そして『書紀』神武天皇二年の条には、『八咫烏』の子孫であると、はっきり書かれている」

「えっ」

私ようやく、と千鶴子は雅を見て微笑んだ。

「ずっと疑問に思っていた、出雲臣と賀茂氏の関係が分かってきた気がする。どうして、この近辺に彼らの痕跡がこんなに多く残されているのかも含めてね。あなたのおかげで」

「そんな……」

首を横に振る雅に、千鶴子は尋ねる。

「それで、あなたが気づいたことって？」

はい、と雅は頷いた。

「『書紀』崇神天皇六年の条です。昨日、出雲大神宮に参拝した時には考えてもいなかったんですけど、あれって実は、私たちの思っていることと全く逆の話だったんじゃないかって」

「逆というと？」

「はい。つまり――」

そこまで言った時、社務所に到着した。

瀬口が神職と話をして、雅たちは加茂川准教授と前田教授のいるという、奥の部屋へと通される。

さっき、千鶴子が瀬口に向かってあんな説明をしたが、水野はともかく前田教授とは一面識もないし、姉妹校の京山大には個人的な友人が何人かいる程度だ。

ドキドキしながら千鶴子の後ろについて部屋に入ると、そこには水野より少し年下と思える、ロマンス・グレーの男性が、きちんとネクタイを締めたスーツ姿で立っていた。その前のイスには、俯き加減で長い黒髪を何度も掻き上げながら嘆息する、美しい横顔の女性が腰を下ろしていた。

男性は、京都山王大学民俗学研究室・前田教授。そして女性は、前田の研究室の加茂川准教授だと千鶴子が教えてくれた。

瀬口たちと一緒に入って来た千鶴子たちを見て、加茂川たちは一瞬驚いていたが、裕香が経緯を説明してくれ、千鶴子は、

「こんな形で再会するとは……」

と深いお悔やみの言葉を述べると、雅の紹介までしてくれた。その説明が功を奏したのか、前田たちは咎めず同席を許してくれた。

瀬口たちは、早速本題に入る。

しかし、こちらに戻って来たばかりで戸田香の事件に関しては寝耳に水だった前田は、一昨日昨日の彼女の様子は知らず、加茂川も、昨日も話はしたが少し落ち込んでいる印象があったものの、それ以上は分からないと答えた。

瀬口が前田に、戸田の普段の様子を尋ねたが、とても仕事のできる有能な助教で、加茂川の右腕のような存在だったと答えた。そして、

「こんな事態が起こるなど、全く想像もしていませんでした」

硬い表情のまま、下唇を強く嚙みしめた。

その言葉に、裕香が反応する。

「こんな事態……というのは？」

ええ、と前田はじろりと裕香を見る。

「あの戸田くんが自殺などと……今でも全く信じられない、という意味です」

「学内での評判は、いつも周囲に気を遣っている繊細な方だった、と」

「いえ」と前田は表情を崩さず、首を横に振った。「彼女は、見かけよりとてもしっかりしていました。人目がある時は殆どそんなことはしませんでしたが、たまに私に直接質問してくる時などは、こちらが驚いてしまうほどでした」

「差し支えなければ、その時の様子などをお聞かせいただけますか？」

「ええ」前田は眼鏡を指で軽く押し上げると口を開いた。「たとえば……そう、出雲国の大国主命に関してでした」

〝出雲！〟

心の中で激しく反応する雅の前方で、前田は言う。

「因幡の白兎《しろうさぎ》のエピソードは、みなさんご存知かと思います」

全員が軽く――雅だけが大きく何度も――頷く中で、前田は続けた。

「一般的には、因幡の白兎と表記されるが、あれは本居宣長の言うように『素兎《しろ》』でなくてはならないと。宣長は『素』であって『裸《あかはだか》』だと言っている。この『白』と『素』の差違は一体何なのか。我々日本人は、遠い昔から『言霊』の世界に暮らしている。特に、奈良・平安時代は誰もがそう考えていた。故に彼らが、一文字たりとも疎かにするはずはない。教授はどう思われますか、と真剣な目つきで迫られたことがありました。そこで私は、それはとても面白い視点なので加茂川くんと話してみたらどうか、ひょっとすると良い論文が書けるかも知れないよ、と答えると、楽しそうに笑っていたのが最近のことだったので、まさかここでこんな……」

「そうなんですね……」

と裕香は頷いたが、

〝白兎と素兎〟

雅は息を呑む。

今までそんなことは、考えもしなかった。

個人的には、その続きを聞きたい。でも、この場ではとても言い出せない——。

と思っていたら、

「確かに『古事記』では『裸《あかはだ》の菟《うさぎ》』『稲葉《いなば》の素菟』とあります」千鶴子が言った。

「それで前田先生。その結果は、どうだったんでしょう？」

自分の心を代弁してくれた！　と思って雅は聞き耳を立てる。

すると今度は前田に代わって、

「『素』という文字は……」加茂川が静かに口を開いた。「『身分のないもの』『身分なくして富を擁するもの』という意味まで持っています。つまり『素兎』というのは、身分なくして富を持っている『兎』なのではないかと。ちなみに、ここで言う『兎』の意味は何かと言えば、高野山大学密教研究会・富田《とみた》弘子《ひろこ》さんの説によれば『兎＝卯《う》』つまり、鵜飼《うかい》の『鵜《う》』を表しているのではないか、と」

「鵜飼の鵜？」

「皆さんは、もちろん『兎』の数え方をご存知でしょう」

あっ、と雅は叫んでいた。

「一羽《わ》、二羽です！」

「そうね」

と答える加茂川の視線を受けて雅は肩を竦め、

「すみません……」と小さくなる。

「兎は鳥じゃないのに『羽』で数える。この理由に関しては、実にさまざま語られていて定着していない。でも富田さんは、もともとこれは『卯＝鵜』からきているためじゃないか、という結論に達し、私たちもそう思ったんです」

　でも、と千鶴子が眉根を寄せたまま問いかけた。

「だからといって、その『鵜』が、どうしてあのエピソードに関係してくるの？」

「『鵜』は『綿津見《わたつみ》』で『隼人《はやと》』だからです」

「何ですって？」

「これを説明し始めると、とても長くなってしまうから一つだけ言います。現在では観光になってしまっている『鵜飼』は、そもそも綿津見・隼人たちが用いていた漁法。しかし、彼らが朝廷によって滅ぼされた後に、隼人たち自身が『鵜』になってしまった。朝廷の人間によって首に縄をつけられて、魚を捕ってくるという立場になってしまったということです」

「なるほど……。じゃあ『白』は？」

「金澤さんもご存知のように、もちろん『白骨』『魂魄《こんぱく》』。つまり、死に体という意味でしょう」

　その言葉に千鶴子の目が光る。

「——と、戸田さんが言ったのね。いつも、い、い、同じように」

「え……」

「普段から、そうだったんでしょう」

「何が……」

つまり、と千鶴子は悲しそうな顔つきで言った。

「あなたの論文の骨子は、常に戸田さんが作っていた。いえ、おそらくそれ以上のことを、彼女が担っていたんでしょう」

「どうして、そんなことを――」

「ここにいる彼女に『全く逆』と言われて気づいたの。戸田さんがあなたを頼っていたんじゃなくて、あなたが彼女を頼っていた。最近の論文の『中世における呪《まじな》いとその実践――神道・古神道の呪術に関する考察――』も、殆どが彼女の手による物だったんじゃない？」

「え……」

「私、あなたと初めてお目にかかる時に、それまでの論文を全部読ませてもらった。今をときめく高名な方だったし、素晴らしい女性民俗学者が現れたことが嬉しかったから。ところが、昔のあなたの論文と、現在の論文とが微妙に揺れている。いえ、もちろん研究を続ける過程で成長するし、昔の誤りを訂正したりつけ加えたりしなくてはならないことはある。でも、決定的に違っていたのは『言葉』に対する姿勢」

「言葉……？」

「戸田さんの言っていたという『文字』よ。でも今、前田教授のお話で分かったわ。以前のあなたの論文では、今ほど『言葉』や『文字』にこだわっていなかった。それこそ『白兎』でも『素兎』でも構わないような印象を受けた。でも、ある時を境に突然変わった。それはおそらく、戸田さんが研究室にやって来られた辺りからじゃない？」

「確かに、彼女には影響された――」

「影響というレベルではなかったんでしょうね。あなたが自分の論文を世に出す時に、誤字が見つかって烈火の如く怒ったという噂を耳にしたことがあるけど、それは戸田さんが怒ったからじゃないの？」

「……そうだとしたら」加茂川は千鶴子を強く見た。「何だとおっしゃるの」

ええ、と千鶴子は冷静に答える。

「その戸田さんが、自殺するほどまで思い詰めて、あなたに会いに行ったとすれば、そこで何も言わないはずはない。そしてあなたは、それに反応しないはずもない。ねえ、加茂川さん。あなたはもっと、何か知っているんでしょう？」

「何を根拠にそんなことを」

「違うの？」

「当たり前です」

「じゃあ、あなたは最後に、戸田さんとどんな話をしたの？」

「金澤さんには、関係ないことです」

「私には関係なくとも、この事件に関係あるんじゃない」

「一体何を根拠に！」

一触即発の雰囲気になり、瀬口と裕香が間に入ろうとした時、

「加茂川くん」と前田が静かに口を開いた。「もう止めなさい」

「えっ」

と振り返る加茂川に、前田は沈鬱な面持ちで告げた。

前田は、上着の内ポケットから白い封筒を取り出した。裏返すとそこには黒々と
「戸田香」とあった。

あっ、と瀬口たちが声を上げる中で、

「昨日、わが家のポストに直接投函されていた、私宛の戸田くんからの書だ」前田は言う。「一回り大きな封筒にこの書が封緘されていて、そこには『私の身に何かあったら開封してください』という手紙が添えられていた。だから私は今朝、開封した」

「え……」

青ざめた顔で息を呑む加茂川の横から、

「ちょ、ちょっと拝見してよろしいですか！」

裕香が進み出た。

前田は悲しそうに頷くと、

「もちろん、刑事さんにお持ちいただいて構いませんが、その前に私が読みましょう。ここに書かれていることの真偽は、府警にお任せしますが、彼女が最後にこう書き残したかったという点に関しては事実だったと考えられます」

と言って、書を広げた。

そして全員が固唾を呑んで見守る中、ゆっくりと口を開いた。冒頭には、前田や加茂川に宛てての御礼と後輩たちへのメッセージが述べられ、感謝の言葉が綴られていた。そして、

「本日未明、下鴨神社の御手洗池にて、牧野竜也くんを殺害してしまったのは、私です」

微かに震えながら読み上げた前田の声に、雅たちは息を呑む。

ということは、やはり香はそれを悔いて自殺したのか？

でも、どうして竜也を殺害したのだろう。

訝しむ雅たちの前で、

「昨夜、私のもとに牧野竜也くんから連絡が入りました。とても重要な話があるので、お時間をいただきたいと――」

前田は読み上げる。

それは、こんな内容だった。

香は竜也に、今独りだし時間もあるからどうぞ、と答えたが竜也は、少し込み入った話なので、電話ではなく直接お目にかかりたいと言った。じゃあ明日にでも研究室で、と返事をすると、研究室はダメだという。加茂川のいない場所でお話ししたいということだった。一日中一緒にいるわけではないから、どこかのタイミングでと答えたが、竜也は真剣な声で、今からそちらに伺っても良いかと言った。

まさか、独り暮らしのマンションの部屋に上げるわけにも行かないので拒絶すると、近くの喫茶店でもとしつこい。そこで香は、下鴨神社近くの深夜まで営業している、明るい喫茶店を指定した。

香が先に店に着いて本を読んでいると、少し遅れて竜也が緊張した面持ちでやって来た。

「一体、どうしたの？　こんな突然にと問いかける私の前に、彼は一枚のコピーを広げました――」

　それは、もう十年近く前に香が書いた論文――とも呼べない、レポートだった。それを目にして、思わず息を呑んだ香に向かって、竜也は意を決したように、研究室でたまたま見つけたんです、と言った。とても興味を惹かれる内容だったので、黙ってコピーさせていただきました。素晴らしいレポートだと思います、と。

　問いかける香を見つめて、竜也は言った。

　加茂川の論文は、かなりあなたの手が入っているんじゃないでしょうかと。

　もちろん香は否定した。しかし竜也は、今までの加茂川が発表した論文もしっかり読み込んできていたようで、細部にわたって問い詰められた。香は、これ以上誤魔化すのは不可能だと悟ったので、竜也が本心ではどんなことを考えているのかを知るために店を出て、歩きながら話をすることにした。だが、竜也は急に躊躇《ためら》い始めてしまい、なかなか口を開かない。

　いつしか二人は、下鴨神社の糺の森を歩いていた。明るい月夜だったが、こんな時間にこの場所を二人並んで歩くのは、仲の良い恋人たちに見えたろう。

　やがて御手洗池までやって来ると、二人で石段に腰を下ろした。香は、

「本当はあなた、私に何か言いたいんじゃないの?」

と尋ねた。

紀の森から御手洗池までやって来た以上、もう「嘘」は通用しないのよ、と言挙げすると、竜也は観念したように口を開いた。

事故で亡くなった将太が、加茂川を「狐の窓」を使って眺めたら「真っ黒い鳥」だった。しかもそれを、加茂川に気づかれてしまった可能性がある。だから、将太の事故死と加茂川には、何か関連があるんじゃないか、たとえば呪術とか……と。

香は笑った。あなたはレポートや論文に関してはきちんと論評できるのに、そんな子供っぽいことも言うのね、それはやっぱり他の男子学生のように、加茂川に何か思い入れがあるからじゃないか。

すると竜也は、そうじゃないんですと言った。

将太の事故死は、本当に呪術によるものだと思っている。それを仕掛けたのは、最初は加茂川だと感じた。しかし、加茂川の論文の根幹部分を担っていたのが香だったなら、あの呪術——事故死の犯人は香なのではないかと。

唖然としてしまい、相手にしなかった香に竜也はしつこく「本当のことを言ってください」と迫った。

気がついたら両肩を摑まれている。

驚いた香は「止めて！」と叫んで突き飛ばした。すると竜也は、石段に頭を打ちつけてしまった。

そこから先は、はっきり覚えていない。気がついたら香は、竜也の顔を御手洗池に押しつけていた。しかし、

「その時、私が冷静だったとしても、同じ行動を取ったかも知れません――」

前田は震える声で続けた。

加茂川とのことを口外されるわけにはいかなかったし、自分の過去を覗き見たその行為に対して憎悪を抱いたから――。

やがて香はハッと我に返り、何度も呼びかけたが、竜也はピクリとも反応しなかった。自分の犯してしまった行為に恐ろしくなった香は、急いでその場を逃げ出し、翌朝のニュースで竜也がそのまま命を落としたことを知った。

半日悩んだあげく、加茂川に全てを告白した。加茂川も顔色を変えたが、香はこのまま自首するつもりだと告げた。殺意はなかったとはいえ、自分が竜也を殺してしまったことは間違いないし、二人で喫茶店にも行っているし、府警に突き止められるのも時間の問題だ。

加茂川は驚きながらも、必死に押し留めた。でも、そこでのやり取りの中で、加茂川は香の身よりも自分自身のことばかりを心配しているのではないかということに気づいた。そして、

前田は、少し言い淀んだ。

「前田教授に見捨てられてしまうことが恐かったのではないでしょうか。教授からの愛情を受けられなくなってしまうことが、加茂川さんにとって、一番の心配事だったのでは——」

顔を歪め、そして続ける。

その後も口論を続け、結局香は加茂川を振り切るようにして帰ったが、背中に憎しみと、殺意に似たような視線を感じた。空恐ろしい心地のまま、マンションに戻った後、加茂川から連絡が入った。もう一度だけ、話し合いたいという。

この後、もしも私の身に何かあったら、まず加茂川に問い質して欲しい。私は「自殺」などする気は全くない。加茂川に会って話が終わったら、その足で府警に行き、全てを自白するつもりなのだから。そして、

「加茂川准教授は、私にとって大切な人だったし、この先何があってもずっと大好きなことに変わりはありません。

戸田香」

と結んでいた——。

前田は長い遺書を読み終えると、ふうっ、と大きく溜息をついて額の汗を拭った。

誰も口を開かず、静まりかえる部屋の中、

「加茂川くん」前田は低い声で問いかけた。「筆跡やサインを確認するまでもなく、これは戸田くんの書に間違いないと私は思う。この内容は、真実なのかね」

またしても静かな時が流れ、やがて、

「はい……」という加茂川の返事が聞こえた。「真実です……」

「あなたが」瀬口が叫んだ。「戸田香さんを殺害したのか！」

「殺したのではありません」

加茂川が顔を上げて瀬口を見た。

「口を閉ざしてもらっただけです。永遠に」

「同じことだ！　それを殺人と呼ぶんだ。しかし、どうしてまた——」

彼女は、と加茂川は黒髪を掻き上げた。

「最後にこう言ったんです。『もう、お終いにしましょう。そして、私とあなたの人生もここまで』と」

「だからといって――」

「終末を言挙げしたんです！」

瀬口を睨みつける加茂川の目は、怒りに燃えていた。

「そんな呪言を投げつける人間を、どうして生かしておけるんですか。これは、殺害予告と同等です。ですから私は、彼女に口を閉ざしてもらったんです！」

「そんな、バカな――」

「初めに言葉があった。言葉が世界を造った。言葉は現実になるんです。この世の全ては『言葉』によって成り立っている。この明確なシステムは、決して崩れることはない」

加茂川は目を吊り上げたまま全員を見回した。

「言葉こそがこの世の全てなんです。明文化されない法律がありますか？　それなのに彼女は、私を『言葉』で脅した。故に私の取った行動は、正当防衛です。この世界に、言葉以外で成り立っている部分があったら口にしてみてください。ないでしょう。『言葉』こそが最重要なんですから！」

加茂川が冷たく笑い、部屋が凍りつく。

しかし、

「それは違うと思います……」
雅の口が勝手に動いていた。

誰もが「えっ」と見つめる中で、雅は俯き加減で話す。

「昔、私の家の近くに、一匹の野良猫がいたんです。その野良猫は一度も鳴いたことのない、きっと、声帯に障害のある猫だったんでしょう。そのせいか、たまに他の野良猫に虐められている姿も見ました。でも私は猫が苦手だったので、放っておきましたが、やがてその野良猫は子供を生みました」

「あなた、何の話を——」

驚く千鶴子や加茂川たちの視線を無視するように、雅は静かに続けた。

「ある日、誰かがあげた餌を子猫たちは、その親猫に見守られながら貪るように食べていました。ところが、子猫が一匹その場にいないことに気づいた親猫が、変な声を上げたんです。精一杯の懸命な鳴き声で、何度も鳴きました。そうしたら、母親のその変な鳴き声に子猫は走って来たんです。もしも、他の猫がその鳴き声を聞いたとしても、彼女が一体何を叫んでいるのか、分からなかったでしょう。でも彼女は叫び、子猫は飛んで来ました」

「……一体、何を言いたいの」

准教授は、と雅は逆に問いかける。

「おそらく何の『言葉』にもなっていなかったと思われる、この親猫の鳴き声は無駄だったとおっしゃるんでしょうか？」

「えっ」

「『言葉』は重要です。でもその猫を見た時、私は『言葉』はあくまでも『現世《うつしよ》』における一つの事象であり、本当に重要なのは『現世』の背後にあるという『幽世《かくりよ》』でのやり取りなのではないかと思ったんです。たとえば、旅に出る人に『良い旅になりますように』と贈る言霊のように」

「どういうこと……」

「その相手を思う言葉の前には、必ず祈りがあるんだと思ったからです」

「祈り？」

「愛情です。自分の手が届かないところにいる相手への愛です。姿の見えない子猫に向かって必死に叫んだ、それまで一度も鳴けなかった親猫のように」

「愛情はともかく」加茂川は冷ややかな目で雅を見た。「動物の鳴き声を言葉、しかも『言霊』の例に挙げるなんて、バカげていて話にならない。論文どころか、レポートとしても失格ね」

「でも、金澤さんと出雲臣を追っていて思ったんです」

「出雲臣？」

　はい、と雅は大きく頷いた。

「当時、出雲郷から大勢の出雲臣たちが逃げた。その中には、小さな女の子たちだけの場合もあったって。そうなると、出雲寺に残された、あるいは捕まってしまった親たちからの言葉や言霊は、決して子供たちには届かない。でも親たちは間違いなく、彼女たちが無事に逃げ延びてくれることを願ったはずです。自分の手が届かないところにいる相手への願い。『現世』での不可能、自分の非力を悟って『幽世』に託すしかない、やむにやまれぬ選択。それが祈りの本質なんじゃないか。そして、それを伴わない『言葉』は、空疎な楼閣に過ぎないんじゃないかって」

「えっ」

　部屋は、しん……と静まりかえる。

　やがて。

　自分の頰に、ひとすじ涙が流れたことに気づいた雅が、

「あっ。す、すみません！」
ハンカチを取り出してあわてて拭うと顔色を変え、加茂川に向かって深々と頭を下げた。
「も、申し訳ありませんでした！　高名な准教授に向かって生意気な、しかも個人的な話を申し上げてしまい、わ、私どうしてこんな――」
再び部屋は沈黙に支配された。
前田も瀬口も腕組みをして口を閉ざし、
裕香と千鶴子は啞然として、
殆ど直角にお辞儀をしたままの雅を見つめていた。

しばらくすると、大きな溜息をついた加茂川が、

「それで」と雅に向かって問いかけた。「今、その猫ちゃんたちはどうしているの？」

「えっ」

顔を上げて目を瞬かせる雅に向かって、加茂川は再度問いかけた。

「彼女たちが現在どうしているのか、と尋ねているのよ」

「わ、私の家にいます！」

「あなたは、猫が苦手だったんじゃなかったの？」

「そう……だったんですけど」雅は顔を引きつらせながら答える。「私が飼うって言い出したので、驚いた母親が面倒を見てくれています。おかげで、全員元気です。親猫は相変わらず一度も鳴いたことがありませんが、子猫たちは毎日声を上げて鳴いています」

そう、と加茂川は微笑んだ。

「良かった。安心したわ。前田先生――」加茂川は前田に向かって、深々と一礼した。「お手を煩わせてしまい、申し訳ありませんでした。また、お名前にも傷をつけてしまい、心の底からお詫び申し上げます」

沈痛な面持ちで口を閉ざしている前田から視線を外すと、瀬口を見る。

「行きましょうか」

「自分の罪を認める、ということですな」

「もう長居は無用です」

加茂川は雅を振り返ると、

「水野研究室は、良い大学院生を迎えられました」

最後の「言霊」を残して、瀬口たちと共に去って行った。

＊

雅は千鶴子と二人、京都駅に向かっていた。

このまま東京へ帰る雅を、千鶴子が駅まで見送ると言ってくれたのだ。その道程で、雅が事件に関して加茂川瞳や戸田香の話に触れると、

「本当はとても良いコンビだったんでしょうね」と千鶴子は静かに言った。「人前に出ることが苦手だけど、きちんとした学術論を持っていた戸田さんの論を、押しが強くて美人の加茂川さんが発表する。まさに『現世』の加茂川さんと、『幽世』の戸田さん。でも、そのバランスが崩れてしまった」

「前田教授は、ご存知だったんでしょうか」

「分からなかったはずもないと思う。でも『共同研究者』としてうまく進んでいればと思って、許容していたんでしょう。ところが今回のようなことが起こってしまったから、告発した」

「告発――だったんですね」

「戸田さんの手紙だって、読まなかった振りをして握りつぶしてしまおうと思えばい

くらでもできた。しかし、戸田さんの言葉のように、もう終わりにしてあげることが加茂川さんのためでもあると考えた。あの時、前田先生は一言も『言葉』にしなかったけれど、それが彼女に対する『愛』だったんだと思う。まさに」

と千鶴子は雅を見て微笑んだ。

「あなたの言ったようにね」

「え……」

雅は、言葉——『言霊』について、それほど詳しくない。さっきも、思いついたことを喋ってしまっただけだ。機会があれば、御子神や波木祥子に尋ねてみよう。彼らは何と答えるだろうか……。

「さて」と千鶴子は辺りを見回した。

「駅に到着したけど、まだ少し時間があるようだったら、どこかでお茶でもしましょう。さっきのあなたの話も、途中になってしまっているし」

「はい！」

雅も話したいことや、千鶴子に聞きたいことも、まだまだたくさんある。そこで、新幹線の時間を気にしないですむように、自由席の切符だけ買って、二人で駅構内の喫茶店に入った。千鶴子は先ほど途中になってしまった「全く逆の話」を聞きたがったので、まず雅から口を開く。『書紀』崇神天皇六年の条に関してだ。

天照大神が自分たちの祖神であり、大国主命が快くこの国を譲ったというのなら、その二神が朝廷に対して不幸をもたらすはずがない。ましてや、彼らを「畏れ」というより恐怖心を抱いて、宮廷から追い出す必要もない。

水野も言っていたように、天照大神や大国主命は大怨霊に間違いなく、彼らをそう仕立て上げてしまったのは朝廷。

つまり、天照大神は天皇家の祖神ではない。

彼女の正体は、まだ今のところつかめていないけれど、天皇家とは——どこかで血が繋がっているとしても——ほぼ無関係。むしろ、海神・綿津見たちの祖神だったのではないか……。

「それはまた」千鶴子は楽しそうに笑った。「ずいぶん大胆な仮説ね」

はい、と答えて雅は続ける。

「そして、何が『全く逆』だったのかというと、崇神天皇が天照大神と大国主命を宮廷から追い出した方が先だったんじゃないかと思ったんです。それを大勢の人々が怒り、朝廷に反逆したり都を去ったりしてしまったために、朝廷は苦境に陥った」

「なるほど……」

「その証拠に『出雲』や『伊勢』の神々は、元出雲の大神宮や元伊勢の籠《この》神社などを転々としています。もしも朝廷が『畏れ多』くて『退去いただ』いたのなら、もっときちんと援助したはずです。だから、それらの事実を誤魔化すために『書紀』は時系列を入れ替えた。まさか、自分たちが天照大神たちを宮廷から追い出したために、大勢の民衆が怒り、天皇までもが慌てたなどと書き残せるはずもなかったから」

「面白い」千鶴子はコーヒーカップを口に運んで目を輝かせた。「理屈に合ってるわ。やっぱりあなた、研究者に向いているわね」

「そ、それで」雅は照れて、千鶴子を促した。「さっき、金澤さんのおっしゃっていた『出雲臣と賀茂氏の関係』というのを教えていただけますか」

「もう、千鶴子さんでいいわよ」千鶴子は笑った。「あなたのことも、雅さんって呼ぶわね」

まだ少し恥ずかしそうに頷く雅に向かって、千鶴子は口を開いた。

「あなたは、賀茂氏の歴史に関してはご存知ね」

今朝、確認しておいて良かったと心の中で思いながら、

「はい」

雅は答えて『山城国風土記』逸文などを引用し、また水野の説である「ヤアタ」に

関しても言及した。そもそも今、千鶴子に話したのは、それに関連して思いついた自説だった、と。

そう、と千鶴子は首肯すると口を開いた。

「熊野の近辺に暮らしていた賀茂氏は、やがて大和盆地の西南部、つまり葛城山地の東麓を本拠とした。でもここは、三輪神・大物主神の勢力の範囲だった。そこへ、神武東征に手を貸した建角身命・八咫烏が、東征軍の先陣となって乗り込んできた。戦いが勃発し、やがて三輪神の一族は『土蜘蛛』として討伐されてしまう」

「三輪神が、滅ぼされてしまった？」

「建角身命たちも先祖をたどれば、三輪一族だったのにね。ところが、ここがチャンスとばかりに身内である三輪神たちを討伐してしまった。建角身命の『建』は、建甕《たけみか》槌《づち》神や建《たけ》御名方《みなかた》神の『タケ』で『勇ましい、猛々しい、武力にすぐれた』という意味を持っている。あなたは、奈良・葛城にある、賀茂氏関係の神社を知っているでしょう？」

これも今朝、学んできたところ。

「はい」雅は微笑む。「御所《ごせ》市の高鴨神社（上鴨社）、葛木御歳《みとし》神社（中鴨社）、鴨都《かもつ》波《ば》神社（下鴨社）です。でも結局、賀茂氏はここに定住することはできずに、京都・

瀬見へと移動しました。それが、現在の上賀茂・下鴨」

「きちんと知っているわね」

「ありがとうございます」

予習しておいて良かった、と心の中でホッとする雅に、千鶴子は言う。

「その高鴨神社の主祭神は、阿遅鉏高日子根《あじすきたかひこね》神。御歳神社は、御歳神。鴨都波神社は、事代主神。大国主命の子供たちといわれる神。そして何より『カモツハさん』とまで呼ばれている鴨都波神社は、そもそも『カモツミハ』だったという」

「カモツミハ？」

「そのまま素直に解釈すれば『賀茂つ三輪』でしょう」

「あっ」

沢史生は、こう言ってる。

『いつしかミワ神の「ミ」が消され、カモツハ神社、葛城賀茂神社にされてしまった』――とね」

「ああ……」

絶句する雅の前で、千鶴子は続ける。

「その葛城賀茂氏を、地元の人たち――三輪神の後裔は許さなかった。おそらく何度も衝突したんでしょう。だからこそ、賀茂氏は大移動しなくてはならなくなった。その結果、ようやく山城国に落ち着き、そこで重要な役割を果たすことになる」

「それは？」

「出雲臣の監視と怨念の封じ込め」

「え……」

「あなたに言われるまで私も気づかなかったけれど、確かに出雲寺・出雲路・出雲井於神社と、あの辺りは『出雲』だらけ。そこに賀茂氏がやって来た。朝廷側に『寝返った』八咫烏の一族としてね。そして彼らは、必死に出雲臣を監督した。ゆえに、あの地には『出雲』と『賀茂』が同居している。下鴨神社境内の井於社を見るまでもなく、ね」

千鶴子はコーヒーを一口飲む。

「あなたは、上御霊・下御霊神社を知っているでしょう。昨日、参拝したと言っていたかしら」

「上御霊神社だけ、行きました」

「祭神が奇妙だと思わなかった？」

「思いました！」

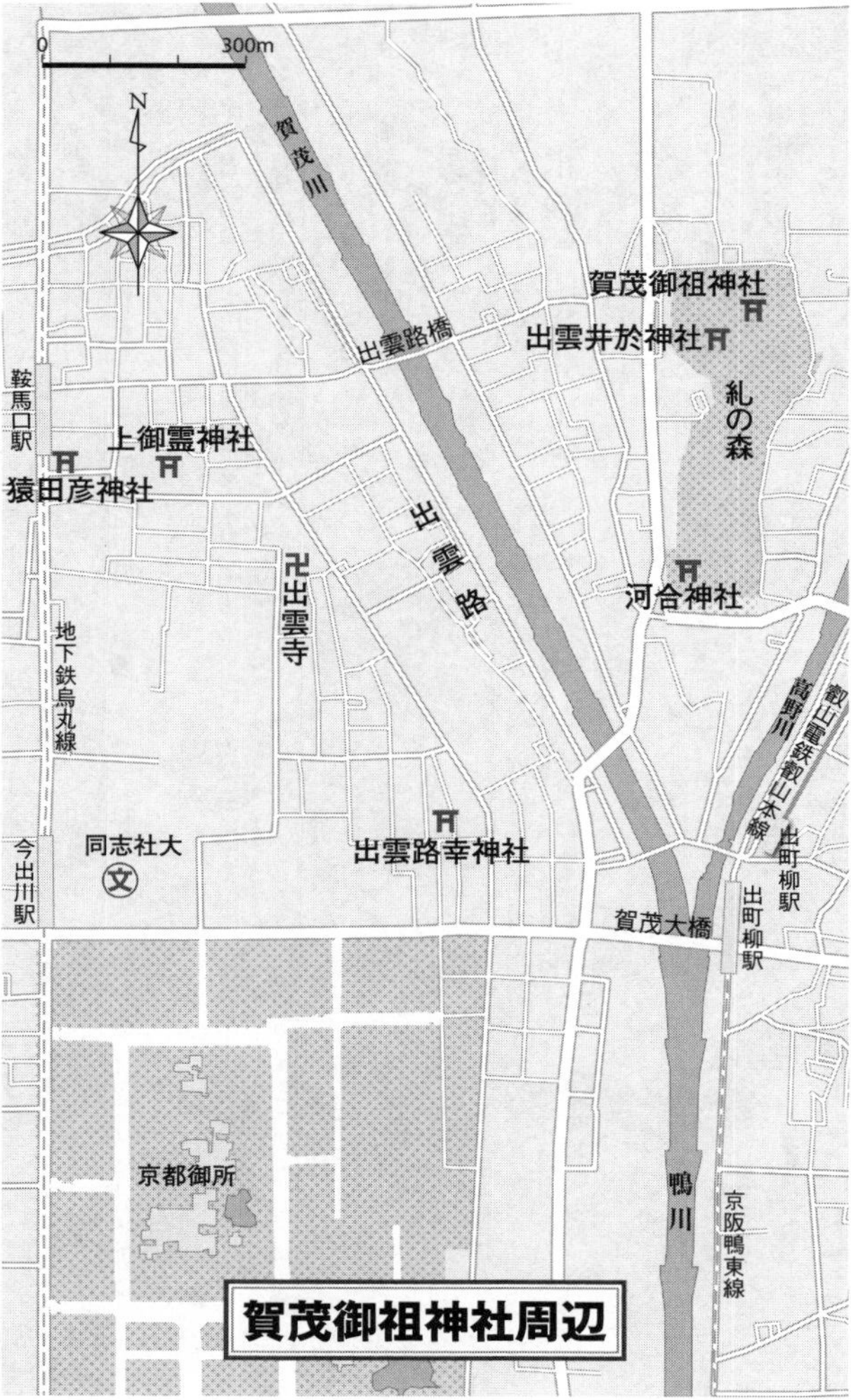
0
300m
N
賀茂川
賀茂御祖神社
出雲井於神社
出雲路橋
糺の森
鞍馬口駅
上御霊神社
猿田彦神社
出雲路
出雲寺
河合神社
地下鉄烏丸線
高野川
叡山電鉄叡山本線
出町柳駅
同志社大
出雲路幸神社
今出川駅
賀茂大橋
出町柳駅
京都御所
鴨川
京阪鴨東線
賀茂御祖神社周辺

雅は答えると、急いでメモを取りだし読み上げる。
「上御霊神社の祭神は、
『崇道《すどう》天皇（早良《さわら》親王）
井上大皇后《いのえのおおいきさき》（井上内親王）
他戸《おさべ》親王
藤原大夫人《たいふじん》（吉子《きつし》）
　橘　逸勢《たちばなのはやなり》
文屋宮田麻呂《ふんやのみやたまろ》
吉備真備《きびのまきび》
火　雷　神《ほのいかずち》』

下御霊神社の祭神は、
『崇道天皇（早良親王）
伊予《いよ》親王

藤原大夫人吉子
藤原広嗣《ひろつぐ》
橘逸勢
文屋宮田麻呂
吉備真備
火雷神（火雷天神）』
となっていました」
「どこが奇妙と感じた？」
「多少の入れ替わりは良いとしても『吉備真備』は納得できませんでした。なぜなら彼は、特に怨霊とまで呼ばれるような人生を歩んでいないはずなので……」
「真備はね」千鶴子は雅を見る。「賀茂氏の祖先ともいわれてる」
「えっ」
「陰陽道に秀でた、賀茂忠行・保憲の祖先。『安賀両家』ともいわれた賀茂氏のね。それだけじゃない。真備は、孝謙《こうけん》太上天皇・弓削道鏡《ゆげのどうきょう》と対立した、恵美押勝《えみのおしかつ》――藤原仲麻呂《なかまろ》の乱も鎮圧してる」

「つまり……」雅は唖然とする。「真備は、出雲臣の怨念を抑えるべく呼ばれた賀茂氏であり、同時に学問・武力共に備え持った人物だった。ゆえに『怨霊』ではないのに、出雲臣の怨念を抑えるべく建立された上・下御霊神社に祀られた！」

「もっと言えば、藤原広嗣もね。彼は、海神である『隼人』を率いて乱を起こしているから、怨霊封じにはうってつけ。つまり、あの二つの神社は世間で言うように、単に怨霊を祀るための社じゃない。『鬼を以て鬼を討つ、怨霊を以て怨霊を封じる』という、日本古来の手口。朝廷の最も得意とする戦法ね。ちなみに、下御霊神社の宮司さんの苗字は『出雲路』さん」

「あ……」

絶句する雅に、千鶴子は問いかけた。

「雅さんは『斎宮』を知ってる？」

え——。

虚を突かれた雅は、どぎまぎと答えた。ここも、今朝凄く引っかかった部分だ。雅は「斎王・斎院」は、非常に「不吉」な慣習だったのでないかという、これもまた自説を披露した。すると、

「実は、私もそう考えている」と千鶴子が破顔した。「またしても、沢史生が言って

いる。

『本来なら天皇家の処女が、人身御供さながらに、賀茂社に拘束されなくともよいはずであるが、やはりヤタガラスの力を借りた負い目が大きかったのである』

とね。それほど朝廷は賀茂氏に借りを作っていた。でも、斎院を送り込んだ理由はそれだけじゃない」

「というと……？」

「上賀茂神社・賀茂《かも》別雷《わけいかずち》大神――火雷神よ。彼が最後に取った行動を覚えているでしょう」

「雷鳴と共に天井を突き破って天に駆け昇ってしまった……」

そう、と千鶴子は頷いた。

「つまり彼も殺されている。それは何故かといえば、彼は賀茂建角身命の娘神である玉依姫《たまよりひめ》と、三輪神・大物主神との間に生まれた子だったから。そして殺されて、怨霊神となっているが故に上賀茂神社に祀られ、斎院を送り込まれた」

「伊勢と同じように！」

〝京の方に赴き給ふな――だ〟

ただ、上賀茂・下鴨神社の場合はすでに「京」だから、宮廷に赴き給うな、ということになるのだろう。

「つまり朝廷は」千鶴子は苦い顔で言った。「三輪神を裏切らせて自分たちの味方につけた賀茂氏を、出雲臣の怨念封じ込めに利用した。そして、それが落ち着いたと見るや、彼らも用済みで殺された。敵の暗殺者を口封じで殺す、というおきまりのパターンね。そして彼らは『賀茂の厳神、松尾の猛霊』とまで呼ばれる大怨霊となって祀られた。それだけじゃない。更に朝廷は、人々にその怨霊を直接拝ませない工夫をした」

「直接拝ませない……？」

「これを見て」

千鶴子は、雅の前に一枚のコピーを広げる。そこには、上賀茂・下鴨両社の境内図が載っていた。

「見ての通り、下鴨神社には建角身命を祀る西本殿と、玉依姫命を祀る東本殿が。上賀茂神社には賀茂別雷神を祀る本殿と、権殿が並んで建てられている。でも、私たちが参拝できる場所は一ヵ所しか用意されていない。それは、二つの本殿の中間の場所。つまり我々参拝者は、本殿と本殿の間、何もない空間を拝む形になる」

「あっ」

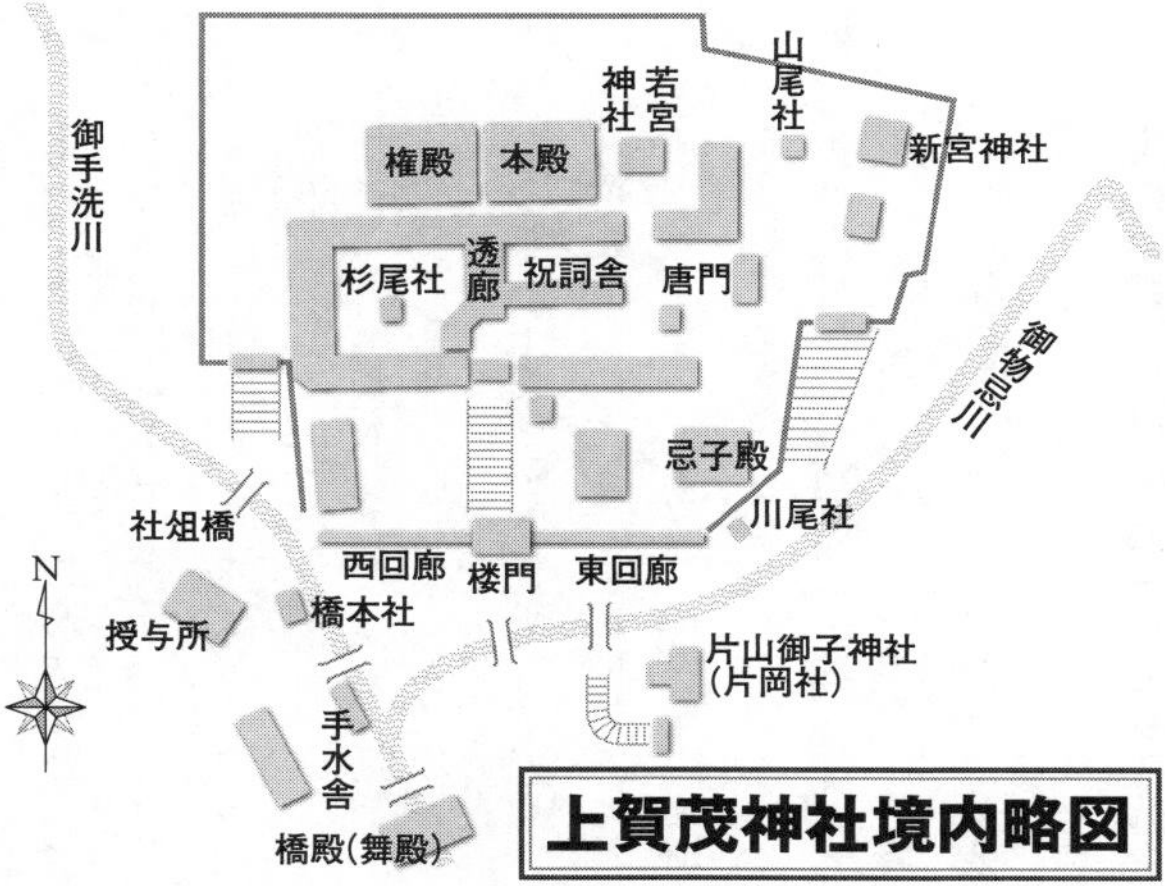
御手洗川
権殿
本殿
若宮神社
山尾社
新宮神社
杉尾社
透廊
祝詞舎
唐門
御物忌川
忌子殿
社俎橋
川尾社
西回廊
楼門
東回廊
授与所
橋本社
片山御子神社
（片岡社）
手水舎
橋殿（舞殿）
N

上賀茂神社境内略図

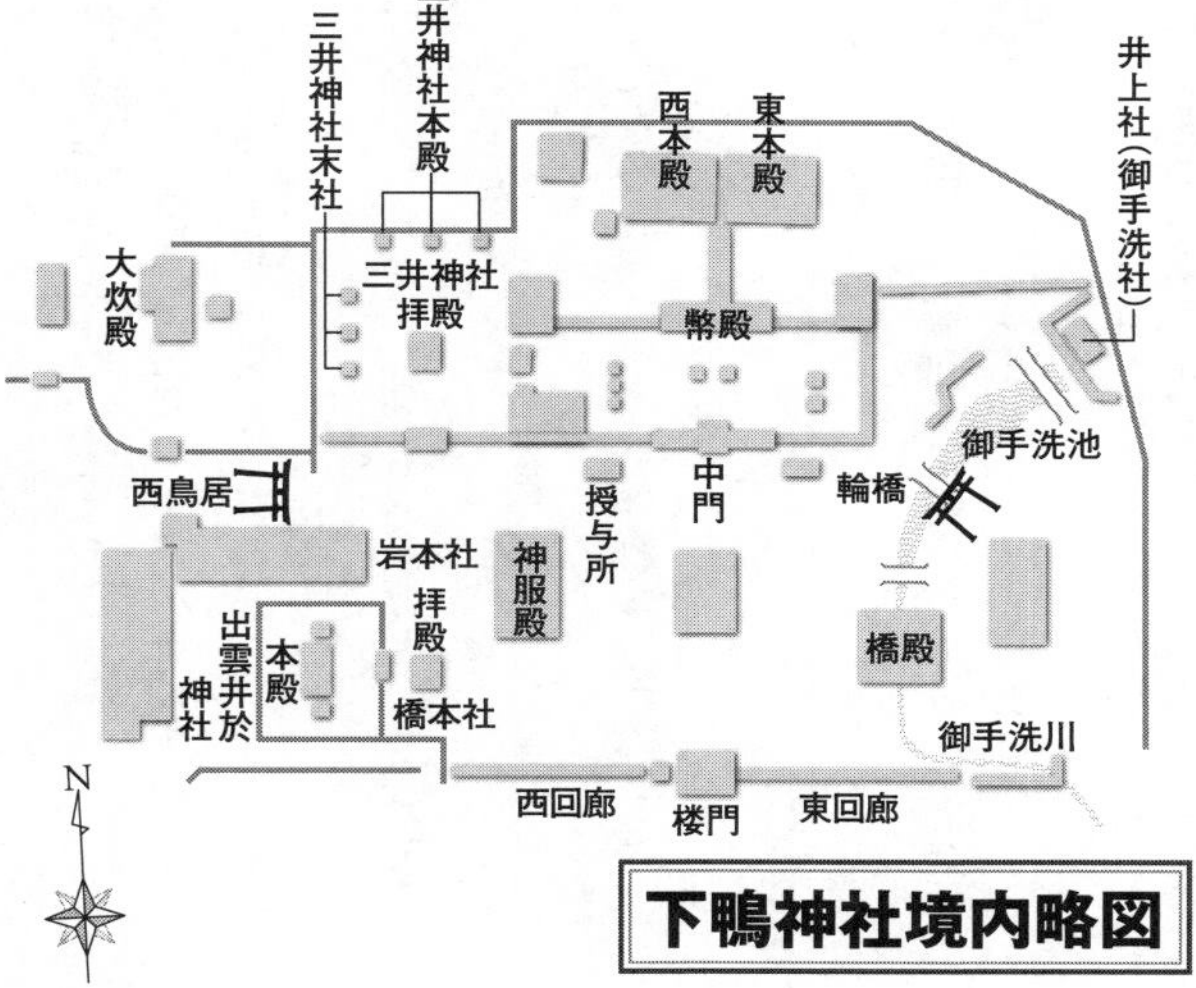
三井神社末社
三井神社本殿
西本殿
東本殿
井上社（御手洗社）
大炊殿
三井神社拝殿
幣殿
御手洗池
西鳥居
授与所
中門
輪橋
岩本社
神服殿
拝殿
出雲井於神社
本殿
橋本社
橋殿
御手洗川
西回廊
楼門
東回廊
N

下鴨神社境内略図

雅は目を見張った。

本当だ！　確かにこの形式では、どの本殿も正面から拝むことはできない。

「たとえば」千鶴子は続ける。「宇佐神宮では、上宮・下宮共に本殿が三社ずつあるけれど、参拝者はそれぞれの建物の正面に立って拝む形式になっている」

「当然ですよね！」

「たまに、出雲大社のように、祭神がそっぽを向いている神社もあるけどね」千鶴子は笑った。「でも、それが当たり前のことでしょう」

しかし、上賀茂・下鴨両社は違う。

正面に立つのだから、二殿等しく拝むことになると言うのかも知れないが、ちょっと違う気がする。単に、拝所を二ヵ所作れば良いだけなのだから……。

何ということ……。

雅はまたしても啞然とする。

朝廷に寝返って三輪神を滅ぼした賀茂氏を出雲臣の怨霊封じに使い、それが落ち着いた頃に賀茂氏を殺してしまうと、残された子孫を先祖の鎮魂——怨霊封じにあてるとは。

実に用意周到に、何重にも「注連縄」が張り巡らされている。

しかも最後には、人々に直接拝ませない――。

静かにコーヒーを口に運ぶ千鶴子の前で、雅が何度も嘆息していると、突然携帯が鳴った。

ディスプレイを見れば、大学研究室だ。千鶴子に断りを入れて、あわてて電話に出れば、何と御子神だった。何事かと思って応える雅に、いつも通りの冷静な声で、

「そちらで一体何があったんだ」御子神は尋ねてきた。「先ほど、京都山王大学の前田教授から、この研究室に電話が入った」

「前田先生から！」

「水野先生宛だったんだが、今年一杯は不在だと説明したら、では橘樹雅くんによろしくとおっしゃって電話を切られた」

「わ、私に？」

「だから、そちらで何があったのかと訊いているんだ。まさか、今ニュースで流れている、京山大の事件に関わったんじゃないだろうな」

「そ、それが――」

と言って雅は、今回の事件に関して前田教授と知り合いになったという話を告げた。話を聞き終わった御子神は、

「全くきみは」と嘆息した。「どうしていつも、ややこしい話に巻き込まれるんだ。実に難儀な人間だ」

これは、自分から踏み込んでしまった話じゃないのに——と思いながらも、

「すみません……」雅は謝る。そして、さっき思ったことを尋ねる。「あの、今ちょっとよろしいでしょうか」

「何だ」

「今回私は、言葉や言霊について考えさせられてしまったんですけど、古代のわが国で『言霊』はそれほどまでに重要な位置にあったんですか?」

「きみは、どう思っているんだ」

「まだ……半信半疑です」

「そのスタンスは、正しい」

珍しく素直に認めてくれたと思っていると、御子神は言った。

「『言霊』は一種の『呪術』だ。しかも、誰でもが使うことができる」

「……呪術ですか?」

たとえば、と御子神は言う。

「慶応四年(一八六八)から始まった神仏分離令に基づいて、明治政府はそれまで日

本の慣習であった神仏習合を禁止した。皇祖を祀る神道を国の宗教に定めて、神仏分離を断行したからだ。当然、それに伴って加持祈禱《かじきとう》、神降《かみお》ろし、託宣《たくせん》なども禁じられた。ここで一旦『言霊』信仰は途切れたかに思えた。しかしその後、日本は『神の国』であるとする思想が広まり、日清・日露戦争の勝利も、神の加護によるものと考える人々が現れた。ここまでは自然の成り行きだ」

「はい……」

何を言いたいんだろうと訝しむ雅に向かって、御子神は続ける。

「ところが次の太平洋戦争では、神社や寺院が『鬼畜米英調伏《ちようぶく》』のための祈禱を行い、日本国民は、元寇時と同じ『神風《かみかぜ》』の到来を祈り、それを心から信じた。極端から極端へと走ったわけだ。しかし結果は、誰もが知っている通り、神風は吹かず、わが国は焦土となってしまった。つまり――」

御子神は大きく息を吸って言った。

「完全否定は、かえって危うい。知らず知らず極端から極端へ走ってしまうことが往々にしてあるという、歴史的な教訓だ。『言霊』に関しても、同様にね。故に、きみのような中途半端なスタンスは一概に誤りとは言えない」

「あ、ありがとうございます……？」

賞められているのか貶《けな》されているのか分からないまま雅は、今回の出雲大神宮、そして出雲寺などの話を報告しようと思った時、

「あ。そういえば」と目の前に座っている千鶴子を見て、言った。「こちらで、御子神先生をご存知の方とお知り合いになることができて、その方に大変アドバイスをいただきました」

「ぼくを？」

はい、と雅は千鶴子を見つめたまま頷く。

「金澤千鶴子さんです。以前に、水野研究室にいらっしゃった方で、今回、とても面倒を見ていただきました。それがとても——」

「彼女か……」

「今、ご一緒しているんです。よろしければ、お電話代わりましょうか？」

短い沈黙の後「ああ……」という返答を聞いて、雅は携帯を千鶴子に手渡した。千鶴子は、とても億劫そうに受け取ると、

「もしもし」と口を開いた。「金澤です。ご無沙汰しています」

すると電話の向こうで御子神が何か応答したのだろう、

「……そんなどうでも良いことまで覚えていてくださったんですね」

という千鶴子に、

「覚えていたわけじゃない」と応える御子神の声が漏れ聞こえた。「単に、忘れていなかったというだけだ」

そしておそらく、今回の雅に関しての話をしたのだろう、チラチラと雅を見ながら千鶴子は「はい」「ええ」などと相槌を打ち、携帯を返した。

「もしもし」と応対する雅に、

「同じ言葉を立て続けに二度口にするのも嫌だが」と御子神は、吐き捨てるように言った。「きみはいつも、ややこしい話に巻き込まれる人間だな。いや、もしかするときみは、面倒な事象を呼び寄せる体質の持ち主なのかも知れない」

「はあ？」

「では、また」

「は、はい！　これから東京に戻りま――」

電話が切れた。

雅は千鶴子を見る。

「私、何かまずいことでも？」

「いいえ、ちっとも……」

と言うものの、明らかに態度や顔色が違っている。そこで雅は、

「今回は本当にありがとうございましたっ」深々と頭を下げた。「またぜひ、何かの機会にお目にかかれたら嬉しいです！」

「そうね」と千鶴子は気分を変えるように、ニッコリと微笑んだ。「私もまた、研究を始めるわ。そうしたら必ず連絡するから」

「はいっ」

二人は立ち上がり、いつまでも見送る千鶴子を残して、雅は東京行きの新幹線ホームへと向かった。

《エピローグ》

数日後。

雅は東京に戻ってから、ずっと自宅に籠もって今回のフィールド・ワークのレポートをまとめていた。またしても、かなり濃い個性的な神社をたくさんまわったな、などと思っていると、千鶴子から事件の顚末を報せるメールが届いた。

殆どは雅が聞いた、あるいは予想した通りだったけれど、一点だけ新しい情報として、森谷将太の事故に関しての詳細が書かれていた。

将太の線路転落を引き起こした原因は脳梗塞、あるいはその前駆症状だったらしい。祖父や父親も同じ病気で亡くなっているというから、遺伝だったのだろう。これも雅が初めて耳にする「狐の窓」についても書かれていた。将太は、加茂川准教授が「真っ黒い鳥」に見えたということだったが、これも脳梗塞の前駆症状である「一過性黒内障」だと思われるとあった。突然、目の前が真っ暗（真っ黒）になるが、すぐに改善されるというものだ。だから、線路転落時も同じような症状が発生したものと考えられる、と書かれていた。

そういうこともあるのか……と思いながら最後まで目を通した雅は「えっ」と声を上げてしまった。

そこには「やはり、奈良・三輪に行ってみようと思っています」と書かれていたからだ。「もう一度、新しい視点で『三輪』や『出雲』を見つめ直す必要があると思うので」とあり、その後に今回の雅に対するお礼の言葉が並び、長いメールは結ばれていた。

〝三輪と出雲……〟

雅はパソコンから視線を外すと、天井を見上げた。

〝つまり、三輪山——大神《おおみわ》神社！〟

雅は、ぶるっと体を震わせると、たまらず千鶴子に電話をかける。すぐに千鶴子が出たので、今回の京都と、今のメールのお礼を述べ、

「それで」と勢い込んで尋ねる。「千鶴子さんは、大神神社へ行かれるんですか？」

ええ、と千鶴子は電話の向こうで答えた。

「先日お話しした、能の『羽衣』からの連想。豊宇賀能売《とようかのめ》——豊受大神《とようけ》」

「それが？」

「世阿弥作ともいわれている能で『三輪』という曲があるのよ。三輪山のほとりに住む僧の前に、三輪明神が現れて昔物語をして神楽を舞うというストーリーなんだけど、秘伝がとても多くて不思議な能なの。でもその最後に、こういう謡《うたい》が入る。

『おもへば伊勢と三輪の神。一体分身《いったいふんじん》の御事《おんこと》今更何と磐座《いわくら》や』

と。つまり、伊勢の神と三輪の神は同体。そんなことは今更言うまでもない——というわけ」

「伊、伊、伊勢と三輪がですか！」雅は驚く。「伊勢の天照大神・豊受大神と、三輪の大物主《おおものぬし》神ですよね。全然違うじゃないですか」

「あるいは、伊勢の猿田彦神」

「猿田彦神！」

「元伊勢・籠《この》神社の言い伝えによれば、奥宮である『真名井《まない》神社』の主祭神・彦火明《ひこほあかり》命——別名・饒速日《にぎはやひ》命は、今回登場した『賀茂別雷神』と『異名同神』であると書かれている」

「ええっ」

「そして『山城国風土記』逸文によると、賀茂別雷神の父神である『火雷神《ほのいかずちのかみ》』

は、松尾大社祭神・大山咋神《おおやまくい》——つまり、大物主神だという。これらの説を俯瞰すれば全員が繋がり、全てが三輪・大神神社に集約される」

「そっ、それで！」雅は思わず叫んでいた。「千鶴子さんは、いつ奈良へ？」

「まだ特に決めていないけど」

ここは決断の時だ。

同時に、絶対逃せない。

「わ、私もご一緒してよろしいでしょうか！」

「え？」

「千鶴子さんの日程に合わせます」

「大丈夫なの？　そんなに急に——」

「ぜひ、お願いします！」

「……分かった」千鶴子の優しく微笑む声が届いた。「じゃあ、お互いの都合の良い日を決めましょう。今、手帳を見てみるわね」

「はい！」

雅も携帯を耳に当てたまま、自分の予定表を取り出すと、胸を弾ませながら千鶴子の返答を待った。その結果、数日後の四月の頭に二人揃って奈良・大神神社に行くことに決定した。

ただ――。

足を運んだ三輪の地で、今まで書かれたどんな文献にも載っていなかった驚くべき発見をすることになるとは、この時点で雅も千鶴子も想像すらしていなかった。

参考文献

『古事記』次田真幸全訳注／講談社
『日本書紀』坂本太郎・家永三郎・井上光貞・大野晋校注／岩波書店
『続日本紀』宇治谷孟全現代語訳／講談社
『続日本後紀』森田悌全現代語訳／講談社
『万葉集』中西進校注／講談社
『風土記』武田祐吉編／岩波書店
『新訂　魏志倭人伝・後漢書倭伝　宋書倭国伝・隋書倭国伝』石原道博編訳／岩波書店
『源氏物語』石田穣二・清水好子校注／新潮社
『源氏物語』円地文子訳／新潮社
『宇治拾遺物語』小林保治・増古和子校注・訳／小学館
『徒然草』西尾実・安良岡康作校注／岩波書店
『方丈記』市古貞次校注／岩波書店
『式子内親王全歌新釈』小田剛／新典社

『新撰姓氏録の研究』田中卓／国書刊行会
『大嘗祭の本義　民俗学からみた大嘗祭』折口信夫／森田勇造現代語訳／三和書籍
『大嘗祭と古代の祭祀』岡田莊司／吉川弘文館
『古代の出雲事典』瀧音能之／新人物往来社
『蛇――日本の蛇信仰』吉野裕子／講談社
『鍛冶屋の母』谷川健一／河出書房新社
『あやかし考――不思議の中世へ』田中貴子／平凡社
『日本伝奇伝説大事典』乾克己・小池正胤・志村有弘・高橋貢・鳥越文蔵編／角川書店
『図説日本呪術全書』豊島泰国／原書房
『呪術の本』学習研究社
『すぐわかる日本の呪術の歴史』武光誠監修／東京美術
『呪い大全』平子保雄編／KKベストセラーズ
『呪文・じゅ文・呪文』飛鳥広章／オーエス出版
『暮らしのことば語源辞典』山口佳紀編／講談社
『隠語大辞典』木村義之・小出美河子／皓星社

『鬼の大事典』沢史生／彩流社
『字統』白川静／平凡社
『字訓』白川静／平凡社
『聖書』日本聖書協会
『下鴨神社』河原書店編集部編／河原書店
『下鴨神社と糺の森』賀茂御祖神社編／淡交社
『出雲大神宮史』上田正昭監修・編纂委員長／出雲大神宮史編纂委員会編／出雲大神宮社殿創建千三百年大祭記念事業奉賛会
「賀茂御祖神社（下鴨神社）」賀茂御祖神社社務所
「賀茂御祖神社略史」賀茂御祖神社／賀茂御祖神社社務所
「元伊勢籠神社御由緒略記」元伊勢籠神社社務所
「出雲の神楽」独立行政法人日本芸術文化振興会国立劇場／独立行政法人日本芸術文化振興会
観世流謡本『羽衣』丸岡明／能楽書林
観世流謡本『三輪』丸岡明／能楽書林
『空の名前』高橋健司／角川書店

『ザ・バー・ラジオ・カクテルブック』尾崎浩司監修／トレヴィル

＊作品中に、インターネットより引用した形になっている箇所がありますが、それらはあくまでも創作の都合上のことであり、全て右参考文献からの引用によるものです。

この作品は完全なるフィクションであり、
実在する個人名・団体名・地名等が登場することに関し、
それら個人等について論考する意図は全くないことを
ここにお断り申し上げます。

『鬼神伝　鬼の巻』
『鬼神伝　神の巻』
（以上、講談社ミステリーランド、講談社文庫）
『軍神の血脈　楠木正成秘伝』
（講談社単行本、講談社文庫）
『毒草師　白蛇の洗礼』
『QED　憂曇華《うどんげ》の時』
『古事記異聞　鬼統べる国、大和出雲』
『試験に出ないQED異聞　高田崇史短編集』
『QED　源氏の神霊』
（以上、講談社ノベルス）
『毒草師　パンドラの鳥籠』
（朝日新聞出版単行本、新潮文庫）
『七夕の雨闇　毒草師』
（新潮社単行本、新潮文庫）
『鬼門の将軍』
（新潮社単行本）
『鬼門の将軍　平将門』
（新潮文庫）
『卑弥呼の葬祭　天照暗殺』
（新潮社単行本、新潮文庫）
『源平の怨霊　小余綾《こゆるぎ》俊輔の最終講義』
（講談社単行本）

《高田崇史著作リスト》

『QED　百人一首の呪《しゅ》』
『QED　六歌仙の暗号』
『QED　ベイカー街の問題』
『QED　東照宮の怨《えん》』
『QED　式の密室』
『QED　竹取伝説』
『QED　龍馬暗殺』
『QED ～ventus～　鎌倉の闇《くらやみ》』
『QED　鬼の城伝説』
『QED ～ventus～　熊野の残照』
『QED　神器封殺』
『QED ～ventus～　御霊将門』
『QED　河童伝説』
『QED ～flumen～　九段坂の春』
『QED　諏訪の神霊』
『QED　出雲神伝説』
『QED　伊勢の曙光』
『QED ～flumen～　ホームズの真実』
『QED ～flumen～　月夜見《つくよみ》』
『QED ～ortus～　白山の頻闇《しきやみ》』
『毒草師　QED Another Story』
『試験に出るパズル』
『試験に敗けない密室』
『試験に出ないパズル』
『パズル自由自在』
『化けて出る』
『麿の酩酊事件簿　花に舞』
『麿の酩酊事件簿　月に酔』
『クリスマス緊急指令』
『カンナ　飛鳥の光臨』
『カンナ　天草の神兵』
『カンナ　吉野の暗闘』
『カンナ　奥州の覇者』
『カンナ　戸隠の殺皆』
『カンナ　鎌倉の血陣』
『カンナ　天満の葬列』
『カンナ　出雲の顕在』
『カンナ　京都の霊前』
『鬼神伝　龍の巻』
『神の時空　鎌倉の地龍』
『神の時空　倭の水霊』
『神の時空　貴船の沢鬼』
『神の時空　三輪の山祇』
『神の時空　嚴島の烈風』
『神の時空　伏見稲荷の轟雷』
『神の時空　五色不動の猛火』
『神の時空　京の天命』
『神の時空　前紀　女神の功罪』
『古事記異聞　鬼棲む国、出雲』
『古事記異聞　オロチの郷、奥出雲』
『古事記異聞　京の怨霊、元出雲』
(以上、講談社ノベルス、講談社文庫)

●この作品は、二〇二〇年七月に、講談社ノベルスとして刊行されたものです。

|著者| 高田崇史　昭和33年東京都生まれ。明治薬科大学卒業。『QED 百人一首の呪』で、第９回メフィスト賞を受賞し、デビュー。歴史ミステリを精力的に書きつづけている。近著は『QED　優曇華《うどんげ》の時』『古事記異聞　鬼統べる国、大和出雲』『QED　源氏の神霊』など。

京《きょう》の怨霊《おんりょう》、元出雲《もといずも》　古事記異聞《こじきいぶん》

高田崇史《たかだたかふみ》

講談社文庫

定価はカバーに
表示してあります

2021年９月15日第１刷発行

発行者――鈴木章一
発行所――株式会社　講談社
東京都文京区音羽2-12-21　〒112-8001
電話　出版（03）5395-3510
　　　販売（03）5395-5817
　　　業務（03）5395-3615

KODANSHA

デザイン―菊地信義
本文データ制作―講談社デジタル製作
印刷―――大日本印刷株式会社
製本―――大日本印刷株式会社

Printed in Japan

ISBN978-4-06-524458-6

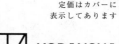

講談社文庫刊行の辞

二十一世紀の到来を目睫に望みながら、われわれはいま、人類史上かつて例を見ない巨大な転換期をむかえようとしている。

世界も、日本も、激動の予兆に対する期待とおののきを内に蔵して、未知の時代に歩み入ろうとしている。このときにあたり、創業の人野間清治の「ナショナル・エデュケイター」への志を現代に甦らせようと意図して、われわれはここに古今の文芸作品はいうまでもなく、ひろく人文・社会・自然の諸科学から東西の名著を網羅する、新しい綜合文庫の発刊を決意した。

激動の転換期はまた断絶の時代である。われわれは戦後二十五年間の出版文化のありかたへの深い反省をこめて、この断絶の時代にあえて人間的な持続を求めようとする。いたずらに浮薄な商業主義のあだ花を追い求めることなく、長期にわたって良書に生命をあたえようとつとめるところにしか、今後の出版文化の真の繁栄はあり得ないと信じるからである。

同時にわれわれはこの綜合文庫の刊行を通じて、人文・社会・自然の諸科学が、結局人間の学にほかならないことを立証しようと願っている。かつて知識とは、「汝自身を知る」ことにつきていた。現代社会の瑣末な情報の氾濫のなかから、力強い知識の源泉を掘り起し、技術文明のただなかに、生きた人間の姿を復活させること。それこそわれわれの切なる希求である。

われわれは権威に盲従せず、俗流に媚びることなく、渾然一体となって日本の「草の根」をかたちづくる若く新しい世代の人々に、心をこめてこの新しい綜合文庫をおくり届けたい。それは知識の泉であるとともに感受性のふるさとであり、もっとも有機的に組織され、社会に開かれた万人のための大学をめざしている。大方の支援と協力を衷心より切望してやまない。

一九七一年七月

野間省一

講談社文庫 最新刊

相沢沙呼
medium《メディウム》
霊媒探偵城塚翡翠《じょうづかひすい》
死者の言葉を伝える霊媒と推理作家が挑む連続殺人事件。予測不能の結末は最驚&最叫！

朝井まかて
草々不一
仇討ち、学問、嫁取り、剣術……。切なくも可笑《おか》しい江戸の武家の心を綴る、絶品！　短編集。

五木寛之
青春の門
〈第九部　漂流篇〉
シベリアに生きる信介と、歌手になった織江。2人の運命は交錯するのか――昭和の青春！

多和田葉子
地球にちりばめられて
言語を手がかりに出会い、旅を通じて言葉のきらめきを発見するボーダレスな青春小説。

南　杏子
希望のステージ
舞台の医療サポートをする女医の姿。『いのちの停車場』の著者が贈る、もう一つの感動作！

岡本さとる
雨やどり
〈駕籠屋春秋　新三と太十〉
身投げを試みた女の不幸の連鎖を断つために駕籠《かご》舁きたちが江戸を駆ける。感涙人情小説。

神護かずみ
ノワールをまとう女
裏工作も辞さない企業の炎上鎮火請負人が市民団体に潜入。第65回江戸川乱歩賞受賞作！

高田崇史
京の怨霊、元出雲
〈古事記異聞〉
出雲国があったのは島根だけじゃない!?　朝廷が出雲族にかけた「呪い」の正体とは。

創刊50周年新装版

大沢在昌
ザ・ジョーカー
〈新装版〉
着手金百万円で殺し以外の厄介事を請け負う男・ジョーカー。ハードボイルド小説決定版。

加納朋子
ガラスの麒麟
〈新装版〉
女子高生が通り魔に殺された。心の闇を通じて犯人像に迫る、連作ミステリーの傑作！

講談社文芸文庫

松岡正剛
外は、良寛。
良寛の書の「リズム」に共振し、「フラジャイル」な翁童性のうちに「近代への抵抗」を読み取る果てに見えてくる広大な風景。独自のアプローチで迫る日本文化論。
解説=水原紫苑　年譜=太田香保
まL1
978-4-06-524185-1

柳 宗悦
木喰上人
江戸後期の知られざる行者の刻んだ数多の仏。その表情に魅入られた著者の情熱によって、驚くべき生涯が明らかになる。民藝運動の礎となった記念碑的研究の書。
解説=岡本勝人　年譜=水尾比呂志、前田正明
やP1
978-4-06-290373-8

講談社文庫　目録

高田崇史　QED〈竹取伝説〉
高田崇史　QED〈龍馬暗殺〉
高田崇史　QED ～ventus～〈鎌倉の闇〉
高田崇史　QED〈鬼の城伝説〉
高田崇史　QED ～ventus～〈熊野の残照〉
高田崇史　QED〈神器封殺〉
高田崇史　QED ～ventus～〈御霊将門〉
高田崇史　QED ～flumen～〈九段坂の春〉
高田崇史　QED〈諏訪の神霊〉
高田崇史　QED〈出雲神伝説〉
高田崇史　QED〈伊勢の曙光《あけぼの》〉
高田崇史　QED ～flumen～〈ホームズの真実〉
高田崇史　毒草師〈QED Another Story〉
高田崇史　QED〈～flumen～月夜見〉
高田崇史　QED〈～ortus～白山の頻闇〉
高田崇史　試験に出るパズル〈千葉千波の事件日記〉
高田崇史　試験に敗けない密室〈千葉千波の事件日記〉
高田崇史　試験に出ないパズル〈千葉千波の事件日記〉
高田崇史　パズル自由自在〈千葉千波の事件日記〉

高田崇史　化けて出る〈千葉千波の怪奇日記〉
高田崇史　麿の酩酊事件簿〈花に舞〉
高田崇史　麿の酩酊事件簿〈月に酔〉
高田崇史　クリスマス緊急指令〈～きよしこの夜、事件は起こる！～〉
高田崇史　カンナ　飛鳥の光臨
高田崇史　カンナ　天草の神兵
高田崇史　カンナ　吉野の暗闘
高田崇史　カンナ　奥州の覇者
高田崇史　カンナ　戸隠の殺皆
高田崇史　カンナ　鎌倉の血陣
高田崇史　カンナ　天満の葬列
高田崇史　カンナ　出雲の顕在
高田崇史　カンナ　京都の霊前
高田崇史　軍神の血脈〈楠木正成秘伝〉
高田崇史　神の時空《とき》　鎌倉の地龍
高田崇史　神の時空　倭《やまと》の水霊
高田崇史　神の時空　貴船の沢鬼
高田崇史　神の時空　三輪《みわ》の山祇《やまつみ》
高田崇史　神の時空　嚴島《いつくしま》の烈風

高田崇史　神の時空　伏見稲荷の轟雷
高田崇史　神の時空　五色不動の猛火
高田崇史　神の時空　京の天命
高田崇史　神の時空　前紀〈女神の功罪〉
高田崇史　鬼棲む国、出雲〈古事記異聞〉
高田崇史　オロチの郷、奥出雲〈古事記異聞〉
団　鬼六　悦楽王〈鬼プロ繁盛記〉
高野和明　13階段
高野和明　グレイヴディッガー
高野和明　K・Nの悲劇
高野和明　6時間後に君は死ぬ
大道珠貴　ショッキングピンク
高木　徹　ドキュメント　戦争広告代理店〈情報操作とボスニア紛争〉
田中啓文　件《くだん》〈もの言う牛〉
高嶋哲夫　メルトダウン
高嶋哲夫　命の遺伝子
高嶋哲夫　首都感染
高野秀行　西南シルクロードは密林に消える
高野秀行　怪獣記

辻村深月　ゼロ、ハチ、ゼロ、ナナ。
辻村深月　V．T．R．
辻村深月　光待つ場所へ
辻村深月　ネオカル日和
辻村深月　島はぼくらと
辻村深月　家族シアター
辻村深月　図書室で暮らしたい
新川直司 漫画／辻村深月 原作　コミック 冷たい校舎の時は止まる(上)(下)
津村記久子　ポトスライムの舟
津村記久子　カソウスキの行方
津村記久子　やりたいことは二度寝だけ
津村記久子　二度寝とは、遠くにありて想うもの
恒川光太郎　竜が最後に帰る場所
月村了衛　神子上《みこがみ》典膳《てんぜん》
フランソワ・デュボワ　太極拳が教えてくれた人生の宝物〈中国・武当山90日間修行の記〉
土居良一　海　翁　伝
ドウス昌代　イサム・ノグチ(上)(下)〈宿命の越境者〉
鳥羽　亮　御隠居剣法〈駆込み宿　影始末(一)〉
鳥羽　亮　ねむり鬼《き》剣〈駆込み宿　影始末〉

鳥羽　亮　霞隠れの女〈駆込み宿　影始末〉
鳥羽　亮　のっとり奥坊主〈駆込み宿　影始末〉
鳥羽　亮　かげろう妖剣〈駆込み宿　影始末〉
鳥羽　亮　霞《かすみ》と飛燕《ひえん》〈駆込み宿　影始末〉
鳥羽　亮　闇姫変化〈駆込み宿　影始末〉
鳥羽　亮　鶴亀横丁の風来坊
鳥羽　亮　金貸し権兵衛〈鶴亀横丁の風来坊〉
鳥羽　亮　提灯《ちょうちん》斬り〈鶴亀横丁の風来坊〉
鳥羽　亮　お京危うし〈鶴亀横丁の風来坊〉
鳥羽　亮　狙われた横丁〈鶴亀横丁の風来坊〉
東郷　隆／上田　信　絵　【絵解き】雑兵足軽たちの戦い〈歴史・時代小説ファン必携〉
堂場瞬一　八月からの手紙
堂場瞬一　壊れる心〈警視庁犯罪被害者支援課〉
堂場瞬一　邪　心〈警視庁犯罪被害者支援課2〉
堂場瞬一　二度泣いた少女〈警視庁犯罪被害者支援課3〉
堂場瞬一　身代わりの空(上)(下)〈警視庁犯罪被害者支援課4〉
堂場瞬一　影の守護者〈警視庁犯罪被害者支援課5〉
堂場瞬一　不信の鎖〈警視庁犯罪被害者支援課6〉
堂場瞬一　空白の家族〈警視庁犯罪被害者支援課7〉

堂場瞬一　傷
堂場瞬一　埋れた牙
堂場瞬一　Killers(上)(下)
堂場瞬一　虹のふもと
堂場瞬一　ネタ元
堂場瞬一　ピットフォール
土橋章宏　超高速！参勤交代
土橋章宏　超高速！参勤交代 リターンズ
戸谷洋志　Jポップで考える哲学〈自分を問い直すための15曲〉
富樫倫太郎　信長の二十四時間
富樫倫太郎　風の如く　吉田松陰篇
富樫倫太郎　風の如く　久坂玄瑞《くさかげんずい》篇
富樫倫太郎　風の如く　高杉晋作篇
富樫倫太郎　スカーフェイス〈警視庁特別捜査第三係・淵神律子〉
富樫倫太郎　スカーフェイスII　デッドリミット〈警視庁特別捜査第三係・淵神律子〉
富樫倫太郎　スカーフェイスIII　ブラッドライン〈警視庁特別捜査第三係・淵神律子〉
豊田　巧　警視庁鉄道捜査班〈鉄血の警視〉
豊田　巧　警視庁鉄道捜査班〈鉄路の牢獄〉
夏樹静子　新装版 二人の夫をもつ女

講談社文庫 目録

西村京太郎　寝台特急「日本海」《メモリー・トレイン》殺人事件
西村京太郎　十津川警部　帰郷・会津若松
西村京太郎　特急「あずさ」《アリバイ・トレイン》殺人事件
西村京太郎　十津川警部の怒り
西村京太郎　宗谷本線殺人事件
西村京太郎　奥能登に吹く殺意の風
西村京太郎　特急「北斗1号」《スーサイド・トレイン》殺人事件
西村京太郎　十津川警部　湖北の幻想
西村京太郎　九州特急「ソニックにちりん」殺人事件
西村京太郎　東京・松島殺人ルート
西村京太郎　新装版　殺しの双曲線
西村京太郎　愛の伝説・釧路湿原
西村京太郎　山形新幹線「つばさ」殺人事件
西村京太郎　新装版　名探偵に乾杯
西村京太郎　十津川警部　君は、あのSLを見たか
西村京太郎　南伊豆殺人事件
西村京太郎　十津川警部　青い国から来た殺人者
西村京太郎　十津川警部　箱根バイパスの罠
西村京太郎　新装版　天使の傷痕

西村京太郎　新装版　D機関情報
西村京太郎　十津川警部　猫と死体はタンゴ鉄道に乗って
西村京太郎　韓国新幹線を追え
西村京太郎　北リアス線の天使
西村京太郎　十津川警部　長野新幹線の奇妙な犯罪
西村京太郎　上野駅殺人事件
西村京太郎　京都駅殺人事件
西村京太郎　沖縄から愛をこめて
西村京太郎　十津川警部「幻覚」
西村京太郎　函館駅殺人事件
西村京太郎　内房線の猫たち〈異説里見八犬伝〉
西村京太郎　東京駅殺人事件
西村京太郎　長崎駅《ナガサキ・レディ》殺人事件
西村京太郎　十津川警部　愛と絶望の台湾新幹線
西村京太郎　西鹿児島駅殺人事件
西村京太郎　札幌駅殺人事件
西村京太郎　十津川警部　山手線の恋人
西村京太郎　仙台駅殺人事件
西村京太郎　七人の証人〈新装版〉

仁木悦子　猫は知っていた
新田次郎　新装版　聖職の碑《いしぶみ》
日本文芸家協会編　愛　染　夢　灯　籠〈時代小説傑作選〉
日本推理作家協会編　犯人たちの部屋〈ミステリー傑作選〉
日本推理作家協会編　隠　さ　れ　た　鍵〈ミステリー傑作選〉
日本推理作家協会編　Play《プレイ》推理遊戯〈ミステリー傑作選〉
日本推理作家協会編　Doubt《ダウト》きりのない疑惑〈ミステリー傑作選〉
日本推理作家協会編　Bluff《ブラフ》騙し合いの夜〈ミステリー傑作選〉
日本推理作家協会編　Propose《プロポーズ》告白は突然に〈ミステリー傑作選〉
日本推理作家協会編　Acrobatic《アクロバティック》物語の曲芸師たち〈ミステリー傑作選〉
日本推理作家協会編　ベスト8ミステリーズ2015
日本推理作家協会編　ベスト6ミステリーズ2016
日本推理作家協会編　ベスト8ミステリーズ2017
二階堂黎人　ラ　ン　迷　宮〈二階堂蘭子探偵集〉
二階堂黎人　増加博士の事件簿
新美敬子　猫のハローワーク
新美敬子　猫のハローワーク2
西澤保彦　新装版　七回死んだ男
西澤保彦　人格転移の殺人

2021年6月15日現在